16	3	2	13
5	10	11	8
9	6	7	12
4	15	14	1

Marconi Leal

PERIGO NO SERTÃO

NOVAS AVENTURAS DO CLUBE DOS SETE

Ilustrações de Newton Foot

editora 34

EDITORA 34

Editora 34 Ltda.
Rua Hungria, 592 Jardim Europa CEP 01455-000
São Paulo - SP Brasil Tel/Fax (11) 3816-6777 www.editora34.com.br

Capa, projeto gráfico e editoração eletrônica:
Bracher & Malta Produção Gráfica

Ilustrações:
Newton Foot

Revisão:
Ana Maria Barbosa

1ª Edição - 2004

Catalogação na Fonte do Departamento Nacional do Livro
(Fundação Biblioteca Nacional, RJ, Brasil)

Leal, Marconi, 1975-
L435p Perigo no sertão: novas aventuras do Clube dos Sete / Marconi Leal; ilustrações de Newton Foot — São Paulo: Ed. 34, 2004.
192 p. (Coleção Infanto-Juvenil)

ISBN 85-7326-295-6

1. Literatura infanto-juvenil - Brasil.
I. Foot, Newton, 1962-. II. Título. III. Série.

CDD - 869.8B

PERIGO NO SERTÃO

NOVAS AVENTURAS DO CLUBE DOS SETE

PERIGO NO SERTÃO
Novas aventuras do Clube dos Sete

1.
O GRITO

Estávamos todos reunidos na sede do Clube. Jonas e Palito disputavam uma partida de tênis de mesa. Eu, Zeca e Daniel assistíamos a uma fita de vídeo. Bola, como sempre, estava diante do computador, enquanto Alice lia, estirada no sofá.

Às vezes meus olhos se desviavam da tela da TV e buscavam os de minha namorada. Alice havia mudado. De uns tempos para cá se interessara por Literatura. Lia romances e poesia. Citava trechos inteiros das obras que a agradavam.

Eu pensava sobre isso e não conseguia fixar a atenção no filme. Ouvia o toque da bolinha de pingue-pongue que ia de um lado a outro da mesa. Vez por outra Palito se gabava de uma jogada:

— Eu sou um gênio!

Então Jonas o xingava e dizia que ele estava roubando. Mas nada perturbava o ambiente. Todos se divertiam. E assim o tempo passava sem que houvesse qualquer alteração.

De repente, porém, Bola soltou um grito escandaloso, que arrepiou até o último fio de cabelo do meu corpo:

— DE NOVO?!!!

Ele teclava em silêncio em um canto do sótão. Não tínhamos ainda ouvido sua voz. Ninguém se lembrava de sua presença. Assim, quando escutamos aquele berro desesperado, pensamos no mínimo que estávamos sendo atacados por uma nave alienígena.

O sobressalto foi geral. Alguns se esconderam debaixo da mesa, outros atrás do sofá. Alguém gritou: "Socorro!". E eu me agarrei com um taco de sinuca para me defender.

Mas nossa movimentação foi interrompida pela fala agoniada de Palito:

— Ai, meu Deus! Jonas vai morrer!

Deitado no chão, de boca aberta e olhos esbugalhados, Jonas arfava.

— Que foi que houve? — perguntei a Palito.

— Ele se entalou com a bolinha de pingue-pongue! — respondeu.

— O quê?!!

Estávamos aterrorizados: como é que aquilo havia acontecido?

Mais tarde, Palito nos contaria que estava prestes a sacar quando soou o berro assustador de Bola. Amedrontado, ele se descontrolou, deu um golpe sem direção e com muita força. Jonas, por sua vez, abrira a boca de espanto ao ouvir o urro. E foi assim que a bolinha entrou.

— Rápido! Aqui!

Corremos para acudir Jonas. Eu pedia que os outros me ajudassem a erguê-lo. Pensava em lhe dar pancadas nas costas. Sua respiração estava sendo prejudicada. Em poucos minutos ele poderia morrer asfixiado.

O plano não deu certo. Além de as pancadas terem sido inúteis, a posição incomodava nosso amigo, que se livrou de nossos braços e se deitou novamente, contorcendo-se.

— Eu vou chamar dona Marilda! — disse Alice e desceu as escadas correndo para procurar vovó.

Zeca e Daniel passaram a massagear o peito de Jonas. Eu tentava empurrar a bolinha, que víamos como um enorme caroço em seu pescoço. Palito apenas observava, roendo todas as unhas das mãos e repetindo:

— Ai, meu Deus! Ai, meu Deus!

E Bola andava nervosamente de um lado para o outro.

Então Zeca teve a idéia de apertarmos a barriga de Jonas à altura do estômago.

— Quem sabe ele vomita — explicou.

Apelamos para aquele último recurso. Jonas estava roxo e quase sem movimento.

— Vamos! Ajudem! — pediu Zeca.

Daniel e eu nos juntamos a ele em seus esforços. Mas nada conseguimos.

— Empurrem mais! — insistia Zeca.

Não dava. Não estava funcionando.

— Cadê vovó? Cadê Alice que não chega? — perguntei, em pânico.

Foi aí que ouvimos a voz de Bola, pela primeira vez desde que lançara o grito sinistro.

— Saiam da frente! — disse ele. E nos empurrando com os braços para abrir caminho, deu um pequeno salto, caindo sentado sobre a barriga de Jonas.

Sob o impacto do peso de Bola, Jonas arqueou o corpo e expeliu a bolinha de pingue-pongue com tanta violência que ela atravessou a janela e foi parar na rua.

— Bolinha, meu herói! — disse Palito, aplaudindo a cena.

Nesse momento, entraram Alice, vovó, vovô e Maria, afobados. Vovô pediu a Maria que fosse buscar o aparelho de oxigênio que usava nas crises de asma. E vovó arranjou pedras de gelo dentro de um pano para massagear a barriga de nosso amigo.

Nós carregamos Jonas e o acomodamos no sofá. Depois de quinze ou vinte minutos, ele estava recuperado. Já respirava normalmente e retomara a cor natural. Vovô fez que ele se sentasse. Em seguida, acarinhando sua cabeça, disse:

BRASIL

— E então, meu filho? Consegue falar?

Jonas olhou para cada um dos presentes. Tinha um sorriso no rosto. Parecia feliz. Quando chegou a vez de Palito, no entanto, suas feições se modificaram. Ele trancou os dentes e ameaçou:

— Eu vou te matar!

Após uma curta perseguição, conseguimos separar os dois. Palito tremia e suava da cabeça aos pés. Mas não tinha um arranhão sequer. O medo sempre o deixava muito habilidoso.

Acalmados os ânimos, a reunião se encerrou. Os integrantes do Clube foram para casa. Levei Alice até a sua.

À noite, antes de dormir, uma pergunta veio à minha cabeça: afinal, por que Bola berrara daquele jeito? A confusão que se armara em seguida acabou fazendo que esquecêssemos sua atitude. Agora estava curioso. Disse a mim mesmo que precisava conversar com ele no dia seguinte e, após dar boa-noite a meus avós, deitei e dormi.

Ainda não sabia que aquele grito levaria o Clube dos Sete a enfrentar mais uma perigosa aventura.

2.
A MENSAGEM

No dia seguinte, cheguei ao colégio atrasado. Encontrei Jonas no corredor. Ele andava com dificuldade, protegendo a barriga.

— E então? Melhorou? — disse de passagem, batendo a mão nas costas dele.

— Ai!... Estaria melhor se você não me tocasse! — respondeu, enfurecido.

A aula de Física já havia começado quando entrei na sala. O professor Eduardo Dantas falava sobre átomos. Eu me esgueirei entre as carteiras e fui me sentar ao lado de Palito e Bola. Os dois me cumprimentaram um pouco sonolentos. Após um breve instante, Palito sorriu e piscou o olho.

— Já sabe da novidade? — disse, baixinho.

Antes que pudesse responder, Bola o interrompeu:

— Pronto! Vai começar!

— Que é isso, Bolinha, você precisa se abrir com os amigos. Não tenha vergonha de mostrar seus sentimentos — continuou Palito, usando um tom de brincadeira que eu já conhecia e que funcionava sempre quando ele queria irritar Bola.

— O que foi, Palito? — perguntei.

— Você não sabe, João? Bola arrumou um "namorado" pela Internet!

Eu olhei para Bola. Ele estava vermelho de raiva. Sabia que não podia fazer nada contra Palito naquele instante porque estávamos em aula. E isso o deixava mais furioso ainda.

Eu não conhecia o motivo da brincadeira de Palito. Mas ele havia acertado em cheio. Bola era um machista. Insinuar que não fosse "homem com H" era o mesmo que chamá-lo para uma briga.

— Silêncio!

O pedido veio de um colega sentado à nossa frente. Virei-me e tentei me concentrar na aula. A explicação sobre aquela conversa de Palito ficaria para a hora do intervalo, quando aproveitaria também para perguntar a Bola o que o levara a soltar o grito da véspera.

— ... toda matéria é constituída de átomos — ensinava o professor Eduardo, andando de um lado a outro da sala. — Tudo isso que a gente vê aqui: cadeiras, mesa, quadro, o chão e até mesmo os nossos corpos. Tudo isso é formado de pequenas unidades chamadas átomos, que só podem ser vistas com microscópios eletrônicos de última geração.

Eduardo era uma cópia dos cientistas que vemos em filmes: distraído, sempre pensando em suas fórmulas e desatento às coisas mais simples da vida. Eu lembro que Kátia, nossa professora de Filosofia, certa vez falou de Tales de Mileto, filósofo grego nascido seis séculos antes de Cristo. Dizem que Tales vivia tão envolvido com a observação das estrelas que um belo dia acabou caindo dentro de um poço. Acho que Eduardo seria capaz de fazer o mesmo. Já o tínhamos visto com um par de sapatos trocados, com a camisa pelo avesso e com a braguilha da calça aberta. As lentes grossas de seus óculos viviam sujas de pó de giz. E ele andava num passo bem lento, conversando com um amigo invisível. Devia ter uns cinqüenta anos, era negro e calvo, de cabelos grisalhos.

Aquela aula foi muito boa. Não vou esquecer dela por bastante tempo. Pela primeira vez eu parei para pensar sobre aquilo que Eduardo dizia e concluí que a vida é realmente um enorme mistério. Afinal, se nosso corpo era igual a qualquer outro do Universo, o que então nos fazia humanos? Por que nós tínhamos uma forma e não outra? O que nos fazia diferentes de todos os objetos da natureza?

Naquele instante minha curiosidade só não era maior do que a vontade de conversar com Bola e Palito. E assim que a sineta soou anunciando o fim da aula, eu me voltei para os dois, perguntando:

— Vamos lá, o que é que está acontecendo?

Bola respirou fundo e disse:

— O caso é o seguinte, João. Há uma semana eu venho recebendo um *e-mail* de um desconhecido. Todo dia ele manda a mesma mensagem. Quando eu bloqueio o endereço eletrônico dele, ele muda de provedor e insiste em mandar o texto de novo.

— Ou seja: está realmente apaixonado — falou Palito.

— Espera, Palito. Cala a boca por um minuto — pedi.

— Para começo de conversa, seu magrelo — disse Bola —, eu nem sei se é um homem ou uma mulher quem manda o *e-mail*. A pessoa não coloca nome na mensagem.

— Não coloca nome? — espantei-me. — E o que diz o texto?

— Não tem sentido nenhum, João. São várias letras e números amontoados sem ordem — explicou Bola.

— Você tem ele aí? — perguntei, curioso.

Enquanto Bola se abaixava para apanhar o *laptop* dentro da bolsa, o professor Antônio entrou na sala para a sua aula de História. Eu me ajeitei na cadeira para ouvi-lo falar, ainda escutando os murmúrios de Palito:

— Que nada, João! Você acredita nessa conversa do gorducho? Ele anda é trocando correspondência de amor pela Internet.

Então o professor Antônio iniciou a aula. Recordou a lição passada sobre o papel dos negros na colonização do Brasil e retomou o assunto para explicar a importância dos índios na nossa História.

Começou dizendo que havia cerca de seis milhões de índios no Brasil à época do Descobrimento e que hoje em dia restam apenas trezentos mil deles. Muitas tribos foram dizimadas pelas armas dos portugueses. Outras morreram contaminadas pelas doenças que os colonizadores traziam. Índios foram caçados como gado em todo o território brasileiro e brutalmente escravizados.

— Assim — explicava o professor —, acabaram perdendo sua cultura. Inúmeras línguas indígenas foram extintas com seus povos. Hoje são poucos os que falam a língua de sua gente. A maioria adotou hábitos dos brancos. Acabaram virando pobres numa sociedade desigual como a nossa. E sofrem com os vícios dos homens chamados civilizados.

O professor Antônio queria dizer que os índios atuais nem mantiveram sua cultura nem se adaptaram à vida nas cidades dos brancos. Prosseguiu dizendo que, em São Paulo, dezenas de índios Pankararus viviam em favelas de subúrbio.

— Vejam que absurdo — dizia. — Eles eram os donos desta terra. De toda a terra que hoje se chama Brasil. Caçavam e pescavam para sobreviver. E atualmente não têm como conseguir comida.

Em seguida, passou a falar das contribuições que os

índios deram para a formação do povo brasileiro. Disse que inúmeros objetos usados por nós são de origem indígena, como a rede, por exemplo. Boa parte de nossa culinária também foi influenciada pelos índios.

— Quando os caipiras ficam acocorados na estrada, sentados sobre os calcanhares, estão reproduzindo um gesto indígena — ilustrou. — Os índios nos ensinaram técnicas de pesca e de plantio que permanecem em uso. A língua portuguesa adotou várias palavras do tupi, a língua falada no litoral brasileiro quando Cabral desembarcou por essas bandas. Durante quase dois séculos, aliás, o tupi-guarani foi considerado a Língua Geral do Brasil.

O professor pôs-se a escrever no quadro-negro uma série de palavras do tupi que foram incorporadas ao nosso vocabulário. Nesse instante, Bola me cutucou:

— Olha aqui.

Ele tinha encontrado a mensagem. Desci os olhos sobre a tela do *laptop* e li:

"09pora05jame21ivituri.12que.01anaue 19iande23paba04abacai20pe07juca11acu 13ava24pirama.16ivituri03anomati.08ore.14 putari06pirama15jabro18putari22putari-rete. 02nauru10araru17ore"

Era impossível entender qualquer coisa.

— O que é isso? — perguntei, confuso.

— Viu? Não disse que não fazia sentido? — afirmou Bola, triunfante.

— São segredinhos de namorados! — insistiu Palito.

Realmente Bola parecia ter razão. Mas, ao mesmo tempo, alguma coisa naquele texto amalucado soava familiar.

O professor Antônio continuava sua explicação:

— Gonçalves Dias tem um poema que se chama "I Juca Pirama". Isso é tupi. "I Juca Pirama" significa "Aquele que está perto de morrer".

E escreveu a frase no quadro-negro.

Meus olhos foram da tela do computador para o quadro e do quadro para a tela do computador. Olhava para um e outro e não me decidia. Afinal, senti o coração disparar e disse, segurando Bola pela gola da camisa:

— Bola, isso é uma mensagem em tupi!

3.
DECIFRANDO O TEXTO

Marcamos uma reunião do Clube dos Sete para as duas horas da tarde. Aquela descoberta era importante demais para esperar. Precisávamos descobrir o que estavam querendo nos dizer com aquele texto em código.

Jonas ficou de trazer um *Pequeno Dicionário Tupi-Português* que tinha visto tempos atrás na biblioteca de sua casa. Tratava-se de um salão imenso, repleto dos livros mais raros. Seu pai os colecionava apenas por *hobby*. Jonas jamais o vira lendo o que quer que fosse. Apesar disso, tinha enorme ciúme deles e proibia nosso amigo de entrar no cômodo, que mantinha sempre fechado.

Mas, como vocês sabem, o pai de Jonas tinha sido preso após o episódio com a empresa Clanac e agora seu filho podia entrar livremente na biblioteca. Sua mãe, que fora uma *socialite* festejada durante anos, depois da prisão do marido raramente saía da mansão. Vivia triste, lamentando-se.

Eu cheguei a minha casa perto de uma hora da tarde. Pretendia analisar melhor a estranha mensagem, que nós tínhamos imprimido na sala de computação do colégio e distribuído entre os integrantes do Clube. Vovô aguava as plantas no quintal quando entrei.

— Oi, meu neto — disse ele, com um sorriso gentil.

Reparei que segurava um regador e me lembrei do dia em que lhe perguntei por que não usava uma mangueira para fazer aquele serviço. Sua resposta tinha sido:

— Porque gasta mais água. Você sabia que quando gastamos água demais aqui, acaba faltando na periferia, entre as pessoas mais pobres? Além disso, a água do nosso planeta é cada vez mais rara. Alguns estudiosos dizem que por volta de 2020 não haverá mais água potável suficiente na Terra.

Sua explicação foi simples e direta. A seu modo, vovô estava contribuindo para melhorar as condições de vida em nosso planeta. Separava o lixo reciclável, não jogava sujeira na rua, atravessava na faixa de pedestre, contribuía para instituições de amparo à criança e fazia trabalhos voluntários. Era um exemplo de cidadão. E também tinha muita cultura. Por isso resolvi perguntar a ele, antes de subir as escadas que davam na porta de entrada:

— Vô, o senhor sabe alguma coisa de tupi?

— De tupi, a língua?

— Sim — confirmei.

— Bem, eu sei que muitas palavras de nosso idioma têm origem no tupi. Principalmente nomes de lugares, frutas, plantas e animais. Às vezes a gente nem percebe isso. Por exemplo, você está vendo essa árvore?

Vovô apontou para o pé de cajarana que estava regando.

— Cajarana é um nome tupi — continuou. — "Rana" em tupi significa "semelhante". Assim, cajarana quer dizer "semelhante ao cajá". E não é mesmo? A cajarana é uma espécie de cajá, só que maior.

Eu olhei para o alto da árvore e avistei os frutos amarelos. Vovô tinha razão, a cajarana tem a aparência de um grande cajá.

— A gente está tão acostumada ao nome que nem presta atenção ao fato de que ele vem de uma outra língua e tem um significado. Ora, você conhece aquele bichinho chamado tatuí, que cava pequenos buraquinhos na areia da praia? Pois bem, o "í" em tupi significa "pequeno". Logo, tatuí quer dizer "tatu pequeno", compreende? E assim por diante. Mas isso é tudo o que eu sei.

Fiquei algum tempo pensando sobre aquilo que vovô me dizia, muito admirado. Então vovó apareceu no terraço e nos chamou:

— Venham. O almoço está na mesa.

Durante a refeição, vovô contou a vovó a respeito das perguntas que eu lhe fizera. Pediu que ela também me ajudasse com alguma informação.

— Eu? — disse ela. — Ah, eu não sei muito mais do que você, Augusto. Quando eu estudava, os professores nos davam listas de palavras vindas do tupi: jibóia, puçá, suçuarana, sucuri, babaquara e outras que não lembro agora.

Nesse momento, Maria entrou na sala trazendo uma travessa com purê de mandioca e a colocou sobre a mesa.

— Aí está — disse vovô. — Mandioca. Aqui no Recife e em outras partes do Nordeste a gente chama "macaxeira", mas no Sul eles conhecem essa raiz como mandioca. E mandioca vem do tupi.

Quando acabou de dizer isso, Maria falou:

— Minha avó era índia. Quando eu era pequena, no interior, ouvia contar muita história do povo dela. Ela tinha o cabelo preto, bem longo...

Eu já estava bastante maravilhado depois de ouvir tudo o que vovô e vovó diziam. Ao escutar aquilo que Maria narrava, então, fiquei de boca aberta. A pele de Maria era bem escura e eu sempre imaginei que toda a sua família tivesse origem negra. Se ela tinha sangue indígena, era um sinal de que os brasileiros realmente têm muito de índio sem saber.

Após o almoço corri para o sótão. Ali, na sede do Clube dos Sete, saquei da bolsa a folha de papel com a mensagem recebida por Bola e a reli diversas vezes. Às duas horas em ponto, começaram a chegar os integrantes do Clube. Alice foi a primeira e percebi que estava tão ansiosa quanto eu para encontrar a solução do enigma:

— Eu já tirei algumas conclusões, João — disse ela, antes de me beijar.

Seus olhos brilhavam de alegria. E quando nos abraçamos pude notar que seu coração estava acelerado. Essa emoção era a mesma que tinha ao declamar um poema. Ela ficava incrivelmente bonita nesses momentos.

Infelizmente, os outros não compartilhavam nossa curiosidade. Daniel, eterno pessimista, não acreditava que o texto estivesse em tupi e achava impossível que pudéssemos compreendê-lo. Jonas, com seu jeito irritado, declarou que havia procurado em casa algumas palavras no dicionário tupi mas não encontrara nenhuma daquelas que estavam na mensagem.

Zeca parecia atento, mas desconfiado. Bola pensava ainda que o *e-mail* tinha a única intenção de chateá-lo. E Palito estava tenso. Acho que ainda temia uma vingança de Jonas pelo acontecimento da véspera.

De posse do *Pequeno Dicionário Tupi-Português*, pedi que nos sentássemos em semicírculo e abri o papel com a mensagem sobre o chão à nossa frente:

"09pora05jame21ivituri.12que.01anaue 19iande23paba04abacai20pe07juca11acu 13ava24pirama.16ivituri03anomati.08ore.14

putari06pirama15jabro18putari22putari-rete. 02nauru10ararul7ore"

Ficamos em profundo silêncio por alguns segundos. Depois, Daniel resmungou:

— Isso é coisa de doido!

— Exatamente: coisa de Bola — provocou Palito.

— Antes doido do que anta — respondeu Bola, no mesmo tom.

— Bem... Vamos ao dicionário — sugeri.

Abrimos o livro velho e folheamos suas páginas, atrás do significado daquilo que nós supúnhamos fossem palavras indígenas.

— Isso não é tupi — afirmava Daniel. — E esses números? Onde já se viu misturar letra e número desse jeito?

— João, por que é que você colocou na cabeça que o texto está escrito em tupi? — falou Zeca.

— Eu também estou com essa dúvida — disse Jonas.

Então expliquei a eles o que já havia falado para Bola, Palito e Alice. Narrei a aula que tivéramos pela manhã, em que o professor Antônio citara o poema "I Juca Pirama", de Gonçalves Dias. E mostrei-lhes, no papel, que a palavra tupi "pirama" aparecia duas vezes no texto, entre os números 24 e 16 e entre os números 06 e 15.

— Tudo bem. Mas e os números? E as outras palavras?

Mais uma vez Daniel colocava um empecilho. E realmente, como Jonas tinha dito antes, não conseguimos encontrar nenhuma das duas primeiras palavras do texto no dicionário.

— Viu só? — disse então Daniel. — Vamos acabar logo com essa bobagem e jogar uma partida de videogame.

Mas antes que ele pudesse se levantar, Alice falou:

— Não, João! Você está certo. Isso é tupi, sim, senhor. Apenas as palavras não foram acentuadas, percebe?

Então Alice tomou o dicionário de minha mão e apontou o nosso erro. De fato, não havia a palavra "pora", mas sim "porá". Da mesma forma, "jame" recebia um acento agudo e virava "jamé".

— Genial, Alice! — exclamei.

E nós continuamos nossa pesquisa, palavra por palavra, colocando imediatamente o acento quando necessário. Ao final de meia hora, tínhamos a seguinte tradução:

"09morador05misterioso21cerrofrio.12
aqui.01olá19você23ofim04perseguidor20
em07matar11grande13índio24está próximo.
16cerrofrio03distante.08nós.14querer06está

próximo15fugir18querer22querer muito mesmo.02guerreiro10tristonho17nós"

Daniel não perdoou:

— Ótimo! Agora faz menos sentido do que antes!

— Que complicação! — concordou Zeca.

— Parece língua de índio! — disse Palito.

— É língua de índio, burrão! — falou Bola.

— Para mim é russo! — concluiu Jonas.

Durante vários minutos, Alice e eu ficamos debruçados sobre a folha de papel tentando entender aquele mistério. Os demais tinham se levantado e conversavam sobre outros assuntos. Estavam tão desestimulados quanto antes. Entre eles, apenas Bola se concentrava na mensagem, andando de um lado a outro da sala.

De vez em quando, Daniel dizia:

— Desistam!

E assim o tempo passava. Até que Bola parou de andar e soltou um grito tão estridente quanto aquele que dera início a toda a história:

— É claro! Mas é claro! Como eu sou burro!

Nós nos viramos para ele. Só Palito falou:

— Enfim ele reconhece...

Mas não prestamos atenção ao que dizia e esperamos Bola concluir seu raciocínio.

— Os números — continuou. — Cada palavra tem

um número antes dela. É só colocarmos os números em ordem e as palavras devem formar uma frase correta!

Nós nos entreolhamos, indecisos. O que Bola dizia tinha sentido. Mas mesmo Alice e eu já estávamos cansados e um pouco impacientes com o pouco avanço feito até então. Zeca nos reanimou:

— Vale a pena arriscar.

Bola pegou o caderno em que rabiscávamos e passou a colocar as palavras em ordem, de acordo com os números. Ao final de dez minutos, nos mostrou o resultado de seu trabalho.

— Pronto, a ordem é essa. — Então ele deitou o caderno no chão e nós lemos:

> *"olá guerreiro distante perseguidor oculto está próximo matar nós morador muito tristonho aqui índio querer fugir cerro frio nós querer você em cerro frio quer muito o fim está próximo"*

Observamos aquelas linhas durante muito tempo. É verdade que agora o texto parecia mais bem organizado e apresentava pelo menos certo sentido. Mas faltava ainda alguma coisa ali.

Daniel não disse nada daquela vez. Lia e relia as palavras com a mão sob o queixo. Zeca e Jonas estavam em silêncio. Bola e Palito também se calaram. Alice comparava o texto da mensagem original com aquele traduzido. Eu fechei os olhos para pensar melhor.

De repente, Alice falou:

— É isso! Nós não colocamos a pontuação! Vejam bem, na mensagem original, algumas palavras têm um ponto depois delas. Olha aqui, depois de "anomatí", "oré", "qué", "ivituri", "putári-reté" e "pirama". Na realidade, não temos aqui uma frase só. São várias frases, se colocarmos os pontos depois dessas palavras. Olhem só...

Dizendo isso, Alice refez o texto, acrescentando os pontos no final de cada frase. Em seguida, devolveu o caderno ao chão, afirmando:

— Aí está!

Nós nos debruçamos sobre o papel mais uma vez e tornamos a ler:

> *"olá guerreiro distante. perseguidor oculto está próximo matar nós. morador muito tristonho aqui. índio querer fugir cerro frio. nós querer você em cerro frio. quer muito. o fim está próximo."*

Após a leitura, todos deixamos escapar ao mesmo tempo um "oh!" de assombro. Alguém estava desesperado e pedia nossa ajuda. Pela insistência com que Bola recebera aquele *e-mail* e pela última frase dele, "o fim está próximo", essa pessoa corria grande perigo.

— Quem será ele? — perguntou Daniel.

— Um índio, com certeza — respondeu Jonas.

— Certo — disse Alice. — Um índio e que vive entre índios, talvez numa aldeia, porque ele diz na mensagem que os índios estão querendo fugir do local.

— Pois é — disse eu. — Aí é que está o problema: que local? Ele fala em "cerro frio", ou seja, numa montanha, numa serra fria. Mas isso é muito vago.

— João tem razão. Ele deveria ter sido mais preciso — afirmou Zeca.

— A questão é que ele não podia ser mais preciso. Se ele mandou o texto codificado é porque está sendo vigiado. Se fosse mais específico talvez fosse descoberto — falou Bola.

— Exatamente — concordou Jonas.

O tempo passava e não chegávamos a uma conclusão. A noite se aproximava. Era frustrante ter decifrado toda a mensagem e agora não poder ajudar aquele índio que nos implorava socorro. Cada um de nós se retirou para um canto do sótão em silêncio, meditando.

Perto das seis horas, Palito deu uma enorme gargalhada. Eu estava sentado no sofá. Minha cabeça doía. Irritei-me com o barulho que ele fez. Acreditava que iria dizer mais alguma de suas gracinhas.

Acho que os outros tiveram a mesma reação. Ninguém nem ao menos perguntou o motivo da alegria repentina de nosso amigo. Também não precisamos perguntar, porque Palito logo revelou:

— Povo do meu Brasil, minha mente brilhante e iluminada acaba de descobrir o erro que a gente vinha cometendo até agora!

— Lá vem besteira — disse Bola.

— O problema todo — continuou Palito — é que a gente traduziu a palavra "ivituri". Mas ela não deve ser traduzida, porque Ivituri é o nome de uma cidade. Justamente uma cidade no sertão de Pernambuco, onde fica a aldeia dos índios Kicatis. Foi de lá que veio a mensagem.

Nem é preciso dizer que aquela dedução de Palito fez que todos nos levantássemos de um pulo e corrêssemos para abraçá-lo.

— Milagres acontecem: Palito pensou! — disse Bola.

— Palito, você é um gênio! — falou Alice, beijando-lhe o rosto.

— Grande Palito! — comemoraram Zeca, Jonas e Daniel.

Em meio àquela euforia, vovó e Maria entraram no sótão trazendo uma bandeja de sanduíches e suco de laranja. Agradecemos o lanche e começamos a devorá-lo. Estávamos famintos. O trabalho da tarde tinha nos esgotado.

Enquanto comíamos em silêncio, falei:

— Muito bem. Agora precisamos de um plano para salvar nosso amigo índio.

4.
PRIMEIRO SINAL DE PERIGO

Programamos a viagem para o final de semana seguinte. Haveria um feriado na sexta-feira. Assim, sairíamos na quinta, logo após a aula. Não queríamos perder um só minuto de estada em Ivituri e pretendíamos chegar lá o mais rápido possível. A vida de alguém dependia de nós.

Convidamos o professor Antônio para ir conosco. Afinal, precisávamos de um adulto no grupo. De outra forma, nossos pais e responsáveis não nos deixariam viajar. Além do mais, Antônio era uma ótima pessoa e poderia ser bastante útil devido a seu conhecimento da cultura indígena. Mas infelizmente ele não pôde ir.

Resolvemos então chamar Eduardo Dantas. Eduardo tinha grande interesse pela natureza. Estudara Física, Biologia e Química. Por isso aceitou nosso convite com alegria. Apenas seria preciso lembrá-lo constantemente da viagem, pois era tão distraído que poderia esquecer até de escovar os dentes.

Uma vez decidido quem seria nosso acompanhante, tratamos de contratar um transporte. Nesse caso, contamos com a ajuda de Wilson, nosso velho amigo do Morro da Maré. Wilson tinha um tio que fazia transporte alternativo numa *van*. Chamava-se Zito e foi com ele que acertamos preço e data da partida.

O terceiro passo foi convencer pais e responsáveis a consentir e dar dinheiro para o que dissemos ser um simples passeio. Alguns quiseram falar com o professor Eduardo, e pensamos que o plano iria fracassar, porque seu jeito lerdo deixava claro que ele não conseguiria tomar conta de uma tartaruga, quanto mais de um grupo de adolescentes.

Outras mães quiseram conhecer seu Zito, nosso motorista. Nesse caso, nos tranqüilizamos. O tio de Wilson era um senhor calmo e prestativo, que demonstrava ter anos de experiência ao volante.

Sendo assim, após fazermos reservas numa pousada modesta, na quinta-feira à tarde partimos rumo a Ivituri. A cidade ficava a seis horas do Recife. Era conhecida pelas quedas d'água que atraíam centenas de turistas dispostos a praticar esportes radicais, pela reserva dos índios Kicatis e pela produção de uvas.

Ivituri estava localizada numa elevação, mil metros acima do nível do mar. Por isso suas plantações estavam sempre verdes, mesmo quando as terras ao redor sofriam com o clima árido do sertão. Lá, os fazendeiros praticavam agricultura irrigada.

Nas aulas de Geografia havíamos aprendido que o Nordeste se divide em três regiões: a zona da mata, o agreste e o sertão. A primeira ocupava uma pequena faixa de terra que ia do litoral até o agreste. Seu solo era bom e nele se cultivava principalmente cana-de-açúcar. A segunda tinha solo mais seco e pedregoso e o plantio era mais difícil. Do sertão sabíamos apenas o básico: era uma região muito seca, onde chovia pouco. Quando chovia, era possível plantar. Também se criava gado. Mas quando não chovia, as condições de vida eram terríveis. Morria-se de fome e sede. Muitos precisavam migrar para as cidades grandes para sobreviver.

— Ei! Esse lugar é meu!

A frase de Bola me despertou. Eu estava olhando a paisagem pela janela. Àquela altura já estávamos rodando havia uma hora. Dos dois lados da pista canaviais se estendiam, verdes, balançando ao vento. Alice me deu a mão e nós nos beijamos. Então ela recostou a cabeça em meu ombro e eu pensei: "Ainda estamos na zona da mata".

— Seu nada, engraçadinho! O lugar é meu!

Bola e Palito discutiam por conta de um assento. Mesmo com várias poltronas vazias os dois não perdiam a oportunidade de brigar.

— Será que vocês dois não conseguem fechar a boca por um minuto? — perguntei.

— É Bola, João! — respondeu Palito.

— É Palito, João! — respondeu Bola.

Jonas, que estava sentado numa poltrona atrás deles, de repente se levantou irritado e puxou os dois pelas orelhas:

— Vocês vão parar com isso agora, entenderam?!

Os dois balançaram a cabeça e voltaram a seus postos sem dizer mais uma palavra. Após um minuto, Bola sacou de sua mochila dois pacotes de salgadinhos. Abriu um, ofereceu o outro a Palito e os dois passaram a mastigar a comida ruidosamente.

Foi só então que notamos a presença do professor Eduardo na *van*. Até aquele instante ele estivera calado, ao lado de seu Zito, que dirigia o carro com perfeita atenção, desviando dos inúmeros buracos da estrada.

— Olhem a onda de calor que se desprende do solo — disse o professor apontando para os canaviais, que se perdiam no horizonte como um mar.

De fato, podíamos perceber o mormaço do lado de fora da *van*. Sobre a linha do canavial, o ar fervilhava.

Ao poucos, nosso carro deixou a zona da mata e entrou no agreste. A mudança na paisagem era visível. Subimos de altitude a ponto de sentir nossos ouvidos estalarem devido à pressão. Deixamos de ver as imensas plantações de cana-de-açúcar e fomos surpreendidos por rochedos e serras altas.

— Como será o sertão, hein, Palito?

— Sei não, Bolinha...

Bola e Palito cochichavam, mas sua conversa podia ser ouvida. E aquela dúvida de Bola estava na cabeça de todos. Tínhamos duas curiosidades: conhecer o sertão de que tanto ouvíramos falar em livros, jornais e no noticiário da TV e, depois, saber enfim o que estava acontecendo em Ivituri.

Ouvindo aquilo que Bola e Palito comentavam e, acho, para aliviar um pouco a tensão, Alice começou a falar tudo o que sabia a respeito da região sertaneja.

— O povoamento do sertão foi diferente do povoamento da zona da mata — começou dizendo. — Na zona da mata, os portugueses contavam com grandes extensões de terra para o plantio de cana-de-açúcar e importaram escravos da África para o seu cultivo. Já o sertão não contou com mão-de-obra negra, porque serviu principalmente para o pasto do gado, e essa tarefa de pastoreio foi exercida pelo branco pobre.

— Por quê? — perguntou Zeca.

— Porque o que dava dinheiro mesmo era o açúcar. Os portugueses estavam interessados em plantar o máximo de cana-de-açúcar possível. As terras pertenciam a poucos senhores, não sobrava terra para o restante da população. Até hoje é assim. Poucos possuem muita terra e muitos nada possuem.

— E quem não tinha terra? — perguntou Daniel.

— Quem não tinha terra, tinha de exercer outras atividades. E foi assim que o sertão, que não servia para o plantio por ser uma terra seca, passou a ser explorado pelos brancos mais pobres, sem recursos para comprar escravos.

— É por isso que não houve tanta miscigenação no sertão. Na zona da mata, brancos, negros e índios se misturaram ao longo dos séculos e formaram um povo mulato. No sertão, a população é na maioria branca ou mameluca — completei.

Depois, Alice comentou que a região mudara pouco desde os tempos da colonização, que mantinha ainda hoje hábitos, crenças e até mesmo vocabulário dos portugueses da Idade Média.

— Que lugar estranho! — disse Jonas.

— Muito estranho — concordou Daniel.

Aquelas últimas palavras dos dois ficaram se repetindo em minha cabeça. Alice me falara da visão "misteriosa" e "sagrada" que o escritor Ariano Suassuna tinha do sertão. E contara a história de Canudos, que lera no livro *Os Sertões*, de Euclides da Cunha.

Ao longo dos séculos muito sangue jorrou naquela região de clima seco e terra árida. Houve muitos tiros, facadas, emboscadas, ódio e guerra entre famílias. A morte e o assassinato eram coisa comum.

Ao me lembrar disso, senti um arrepio na espinha. E posso dizer que meus amigos também aguardavam a chegada a Ivituri com uma pontinha de medo.

— Quanto tempo falta? — perguntou Bola a certa altura do percurso.

— Pouco — respondeu seu Zito.

O sol descia no horizonte. As sombras cresciam no campo. Eram mais de quatro horas da tarde. Eu reclinei a poltrona. Alice acomodou-se melhor. Pedimos a seu Zito que diminuísse o ar-condicionado, pois desde que entráramos no agreste a temperatura caía.

Minutos depois, nosso carro avançou pelo sertão. Logo apareceram as plantas ásperas, as pedras brancas no meio da terra dura, amarela, rachada. As árvores desfolhadas pareciam espantalhos. O verde, quando havia, estava coberto de espinhos. Predominava o marrom de galhos retorcidos, emaranhados, pontudos, como se a natureza houvesse se armado contra os homens. Serras enormes irrompiam da terra e pareciam prestes a rasgar o céu. Casebres abandonados figuravam no meio do nada.

— Que lugar assombroso — gaguejou Palito.

Eu não consegui dizer nada. Agora entendia quando falavam que o sertão era uma terra de contrastes. Havia uma beleza diferente na paisagem. O céu sem nuvens e a terra queimada se opunham e criavam um mundo novo. A vegetação seca, as montanhas agressivas, tudo isso era ameaçador e ao mesmo tempo encantava. Parecia que entrávamos num ambiente mágico. E que, no entanto, causava medo.

— Que lindo! — exclamou Alice.

Jonas não se comoveu. Os rostos de Zeca e Daniel demonstravam aflição. Bola descontava sua ansiedade num saco de pipocas, que comia sem parar. Palito se benzia, agarrado a uma medalhinha de Nossa Senhora.

Quando a noite caiu, não foi mais possível observar a paisagem. A estrada se mostrou pessimamente iluminada, estreita e vazia. Pior: tivemos de deixar a pista de asfalto e pegar um caminho de barro no meio da escuridão.

Já tínhamos ouvido muitas notícias de assalto nas estradas sertanejas. Era uma prática comum. Tanto assim que os ônibus só faziam alguns percursos escoltados pela polícia. Não só Palito, mas todos nós temíamos os bandidos. À noite, num estrada deserta, eram muitos os perigos à nossa volta. Meus avós e os pais dos meninos sabiam disso. Não foi à toa que implicaram com a viagem.

Por tudo isso, respiramos aliviados quando seu Zito informou:

— Pronto, meninos. Faltam apenas dez minutos.

Suspiramos e nos remexemos nas poltronas. Relaxamos e reatamos as conversas suspensas desde o anoitecer.

Mas de repente ouvimos um grito de terror que vinha dos matos. Em seguida, duas sombras humanas surgiram à nossa frente, na estrada.

Seu Zito freou a *van*, que deslizou sobre o barro, derrapou e inclinou de lado, quase virando. Nós fomos lançados de um lado a outro, rolamos sobre o piso do automóvel.

Então ouvi vozes vindas do lado de fora. Pareciam exigir algo. E um tiro de revólver estourou o vidro de uma janela do carro.

5.
REFÉNS DE DESCONHECIDOS

Antes que pudéssemos dizer qualquer coisa, dois homens armados subiram na *van*. Um deles era baixo, tinha a cabeça arredondada, chapéu de cangaceiro pendurado no pescoço e um desvio no olho direito. Segurava um revólver, que apontava para todos os lados, e arreganhava os dentes amarelos num sinal de ameaça.

Já o outro, um pouco mais alto e magro, portava uma espingarda de cano longo e parecia seguro. Sua barba espinhenta e os olhos vermelhos lhe davam um aspecto aterrorizante. Foi ele quem primeiro falou, com uma voz rouca que dava a impressão de vir do fundo da terra:

— Levanta, cambada!

Fizemos o que ordenava. Ajudei Alice a se erguer, pois ela sentia dor no pé esquerdo. Passei os olhos sobre meus amigos. Nada de grave ocorrera à primeira vista.

— Boa noite, companheiros — disse então o professor Eduardo, cumprimentando os dois homens com um sorriso agradável.

Seus óculos estavam fora do lugar e uma das lentes estava rachada. Ele acabava de emergir do encosto do banco da frente como se nada estivesse acontecendo e aqueles dois indivíduos mal-encarados fossem as criaturas mais bondosas do mundo.

— Cala a boca, sujeito! — respondeu o homem mais alto.

Então foi a vez de Palito falar:

— Olha, me-meu senhorzinho... com to-todo o respeito... o senhor pode levar tudo o que quiser, viu? Tu-tudo! Esse meu amigo aqui, Bola, por exemplo, tem dinheiro na mochila dele. Fi-fica à sua disposição, viu? Pegue tudo o que lhe agradar...

— Cala a boca, menino! — vociferou o homem. — Mas será impossível?! Vocês "é" surdo ou o quê? "Esses" povo é tudo maluco, Antônio!

Antônio, o baixinho do revólver, balançou a cabeça, concordando com o parceiro. E disse:

— Acho melhor nós "ir" logo, Zé.

O homem da espingarda olhou para ele com o canto do olho. Depois inspecionou cada um de nós. Por fim, virou-se para seu Zito e falou:

— "Vamo" embora! Toca essa joça pra frente. Nós "vai" dar um passeio.

Pressionado, seu Zito girou a chave na ignição e pôs o carro em movimento. Os homens mandaram que nos sentássemos e eles mesmos tomaram assento entre nós. A *van* seguiu pela estrada deserta. Não sabíamos o que nos aconteceria. Para onde nos levavam? Pelo visto, aqueles não eram assaltantes. Seriam seqüestradores? Não conseguia raciocinar direito.

Através de sinais, me certifiquei de que todos os integrantes do Clube estavam bem. Apesar do medo, permanecia atento, imaginando um jeito de nos tirar daquela enrascada. Mas afinal concluí que seria muito arriscado tentar qualquer ação. Os homens estavam armados. O certo seria esperar um momento mais oportuno.

Ao final da estrada de barro, chegamos à porteira de uma fazenda. Seu Zito parou o automóvel e consultou com os olhos o homem da espingarda.

— Antônio — disse o que tinha sido chamado de Zé —, desce aí e abre, que eu tomo conta desses daqui.

Enquanto Antônio descia do carro e abria a cancela, eu pude ler o nome da propriedade numa placa pregada ao tronco de uma árvore: "Capoeira dos Tapuias".

— "Vamo" em frente! — disse Zé, cutucando o ombro de seu Zito, assim que a passagem ficou livre.

Retomamos o movimento e avançamos para dentro da fazenda. Pouco depois atingimos um pátio grande, cercado de árvores. Em seu centro, erguia-se uma enorme cruz de madeira. Ao fundo, a vista era tomada por um casarão de dois andares. Seu formato retangular, mais largo do que alto, lembrava o de um vagão de trem. Uma escadaria de pedra levava ao alpendre, onde um velho muito gordo estava sentado. Ele vestia paletó e chapéu brancos e fumava um charuto.

— Pára aqui!

Zé e Antônio nos fizeram descer do carro, ao pé do casarão. Acompanhados por eles, subimos a escadaria. Eduardo e seu Zito estavam à frente do grupo.

— Coronel — disse Zé, dirigindo-se ao velho —, nós "pegou" esses daqui invadindo as "terra" do senhor!

O coronel passou os olhos sobre nós e deu um trago no charuto. Depois de soltar a fumaça lentamente, sorriu e perguntou:

— Quem são vocês?

Sua voz era mansa. Ao falar, suas bochechas e a papada tremeram, os olhos pequenos sumiram sobre as bolsas dos olhos.

— Nós?... Bem, nós...

De maneira atrapalhada, o professor Eduardo Dantas começou a contar que éramos turistas rumo a Ivituri. O clima era bastante tenso. No pátio, três empregados conduziam cães que latiam em nossa direção. Mais ao longe, outros dois cuidavam de uma parelha de cavalos. Palito e Bola tremiam. Alice se equilibrava em meu braço. Não via Zeca, Jonas nem Daniel.

Findas as explicações, o coronel ficou em silêncio durante mais alguns segundos. Em seguida, gargalhou, inflando a barriga.

— Mas vocês erraram o caminho, meus amigos! Ivituri fica numa entrada mais para cima — disse.

Ao escutar aquilo, rimos muito. Não havia nada de tão engraçado na frase. Mas o bom humor do coronel era um alívio.

— Agora — continuou ele, interrompendo o riso —, infelizmente vão ter de pagar pelo erro de terem entrado em propriedade privada sem autorização.

Ele deu mais um trago no charuto. Soprou a fumaça dos pulmões e concluiu, falando para seus capangas:

— Zé! Antônio! Digam lá dentro que arrumem lugar para nossos amigos.

Palavras que fizeram meu corpo gelar.

6.
DUAS VÍTIMAS

O coronel nos levou até a sala. Móveis antigos estavam dispostos no ambiente espaçoso. Sobre eles, inúmeras peças de artesanato nordestino. Pelas paredes havia fotos de antepassados seus, xilogravuras, um gibão de vaqueiro, uma viola sertaneja, uma peixeira, um rifle e folhetos de cordel.

Não encontramos nem sinal de aparelhos modernos, como TV, rádio ou mesmo ventilador. Parecíamos ter entrado num museu de objetos populares do Nordeste e de móveis da época da Colônia no Brasil.

O velho andava com dificuldade, apoiado numa bengala. Segundo nos disse, o "preço" que pagaríamos por termos "invadido" suas terras seria apenas jantar com ele.

— Sou um homem velho que raramente tem convidados em casa — explicou, com sua voz de fantasma e uma gargalhada arrepiante.

É claro que não nos convencemos de suas boas intenções. Tudo naquele homem parecia assustador. A maioria do tempo era muito gentil, mas quando ficava sério nos encarava como que com raiva e nós voltávamos a nos sentir ameaçados.

Na sala vizinha, escutávamos barulho de empregadas arrumando a mesa para o jantar. Enquanto a refeição não ficava pronta, o coronel nos ofereceu suco de acerola, doce de goiaba, bolo de milho, rapadura, carambola, pitomba e outras frutas. Para Eduardo e seu Zito, serviu cachaça e licor de jenipapo.

— Meu nome é Zacarias — falou o coronel, quando já estávamos todos sentados. — Minha família ocupa essas terras há quase dois séculos.

Ele parou por um instante, olhando para os retratos em preto-e-branco de seus parentes na parede. Depois prosseguiu:

— Nós mantivemos a ordem e a segurança em toda essa região de Ivituri durante muitos anos. O povo dessa área nos devia respeito e obediência. Mas, agora...

O coronel abanou a cabeça, passou um lenço branco no rosto suado e continuou:

— As coisas mudaram muito! Não há mais respeito nem ordem. Vocês vejam: antes um caboclo ficava feliz quando a gente dava emprego em troca de comida. Agora, eles querem salário e dizem que é melhor trabalhar nas plantações de uva do que me servir. Foi justamente desde que inventaram essa tal de "agricultura irrigada" que começou todo o problema!

O coronel irritou-se. Seu rosto ficou vermelho, seus olhos faiscavam de ódio. Ele passou a agitar a bengala para cima:

— Lá nas plantações, o caboclo tem hora certa para entrar e sair do trabalho, ganha dinheiro todo final do mês, veste farda feito um soldado e manda nos patrões!

Ele respirou fundo, tornou a limpar o rosto com o lenço e retomou o tom agressivo:

— Um sertanejo autêntico tem de saber lidar com a peixeira e o revólver, servir o coronel com lealdade, estar pronto para enfrentar a morte para proteger a vida e as terras daquele que o contrata. Se não fosse assim, não teríamos tomado as terras dos índios e nosso país ainda seria dominado por selvagens.

Após um gole de água, o coronel continuou:

— Até reserva de índio inventaram agora! Falta coragem a esse prefeito novato. Dar terra aos índios? O que é que eles vão fazer com a terra se não sabem produzir? E terras boas! As melhores terras de Ivituri! Hoje não há ordem nem respeito. Os coronéis estão desmoralizados. Acabou-se nosso poder. Esses políticos novos são uns bananas.

E concluiu, transtornado:

— Mas essa história vai mudar... Ah, vai!

Terminado o discurso, a gente permaneceu em silêncio. Alice olhava para mim, preocupada. Jonas e Daniel se entreolhavam. Zeca tinha a atenção voltada para as paredes. Bola e Palito se fartavam com as guloseimas postas sobre a mesinha de centro. Na realidade, pareciam disputar qual dos dois era capaz de comer mais.

Seu Zito estava de cabeça baixa, não havia tocado nos cálices de cachaça e de licor que lhe ofereceram. Já o professor Eduardo, acabava de tomar a terceira dose. Por isso, exibia um sorriso bobo no rosto e bambeava sobre a cadeira. Não tinha costume de ingerir bebida alcoólica.

— Professor — falei, percebendo que ele enchia mais um cálice —, acho melhor o senhor não fazer isso.

— Que nada, João! Eu já *extou acoxtumado*! — respondeu, revirando os olhos e cuspindo sobre todos os presentes. — Quero *inclugive* propor um brinde ao coronel *Jacarias*...

Ele se levantou, ergueu o cálice e gritou: "Viva o coronel!". Em seguida, tomou todo o conteúdo do cálice de um só gole, limpou a boca com as costas da mão e caiu.

— Professor!

Corremos para acudi-lo. Ele estava desacordado. Tentamos despertá-lo, mas logo percebemos que nem um terremoto seria capaz de fazê-lo.

— O jantar está na mesa, coronel — avisou uma empregada.

Então levantamos o professor pelos braços e pelas pernas e o deitamos num banco de madeira. Seguimos para a sala ao lado.

À mesa, topamos com uma variedade enorme de pratos regionais: carne de bode, carne de sol, macaxeira, cuscuz, tapioca e canjica. Para beber, havia leite de cabra, sucos e café.

Eu não sentia fome. Estava ansioso para me ver longe daquela casa e notava que meus amigos tinham a mesma disposição. Pareciam nervosos. Palito e Bola eram as únicas exceções. Comiam com o mesmo ânimo de antes.

— Comam, meus amiguinhos. Podem comer à vontade — dizia o coronel, observando-os com satisfação.

Eu não sabia o que pensar daquele senhor.

Por volta das dez horas, nos despedimos. Carregamos o professor adormecido para dentro da *van* e seu Zito deu partida.

— Ai! — reclamava Palito, segurando a barriga empanzinada.

— Viu só? Ninguém come mais do que o papai aqui! — vangloriava-se Bola.

Em vinte minutos, chegamos a Ivituri. Estávamos mortos de cansaço e de sono. Queríamos tomar banho e deitar.

Nossa *van* seguia lentamente pela avenida principal

da cidade, uma reta inclinada. Casinhas modestas desfilavam ao lado do carro. Não havia ninguém na rua.

De repente, Zeca gritou:

— Pára!

Seu Zito freou. Nós nos viramos. Zeca abriu a porta do automóvel e mostrou, apavorado, dois corpos jogados à beira da calçada.

7.
UM CRIME ESTRANHO

Descemos do carro e nos aproximamos dos corpos. Eram dois homens de calção, sem camisa. Estavam deitados de bruços. Suas costas apresentavam ferimentos. O sangue escorria pelo cimento da calçada.

— Será que estão mortos? — perguntou Zeca.

— Mortinhos da silva — respondeu Daniel.

— Então vamos embora! — completou Palito, que permanecia dentro da *van*.

Jonas adiantou-se. Alice o seguiu e pôs a mão sobre um dos feridos.

— Estão vivos — informou Jonas.

— Ótimo. Podemos ir? — falou Palito.

Jonas e Alice viraram-se para mim como se perguntassem o que deveríamos fazer.

— Temos de achar um hospital — falei.

O problema é que não conhecíamos a cidade. As ruas estavam desertas e havia poucas casas no ponto onde estávamos.

— Olha lá!

Zeca indicou uma luz atrás de nós. Segundos depois,

surgiu a dona de um casebre com um candeeiro. Era uma senhora muito magra, de lenço no cabelo.

— Quem é que está aí?

Seu Zito lhe explicou a situação. Ela chegou num passo arrastado e, quando deparou com os homens, disse:

— Meus Deus! Atacaram os índios de novo!

— Índios? — perguntei.

Ela se benzeu:

— Dizem que há uma maldição sobre os índios Kicatis. Eles acreditam que um ser "do mal" os está perseguindo. Muita gente em Ivituri tem medo desse monstro. Outros acham que a perseguição é obra dos negros da "Serra do Cabeça".

— Negros de onde? — perguntei.

Mas Alice me interrompeu:

— Eles estão acordando!

Os índios abriram os olhos e murmuraram algo. Ao nos verem, levantaram os braços para o alto e gritaram:

— O Bicho da Noite! O Bicho da Noite quer pegar "nós"!

Tentamos acalmá-los e os trouxemos para dentro da *van*. Eles estavam agitados. Repetiam o tempo todo que o tal "bicho" os perseguia "com olhos de fogo".

— A senhora sabe onde fica o hospital? — perguntei para a senhora do candeeiro.

— Tem um posto de saúde perto da prefeitura. É só seguir em frente — afirmou. E eu a vi se benzer mais algumas vezes antes do carro se afastar.

A prefeitura ficava na praça principal de Ivituri. Ali, topamos com uma manifestação pública. Passando pelas pessoas, encontramos o posto de saúde.

— Olhem! — gritou alguém da multidão, quando os feridos desceram da *van*.

Os manifestantes vieram ao encontro do carro. Um médico e uma enfermeira receberam os índios.

— Quem são vocês? — perguntou uma morena bonita, destacando-se do ajuntamento.

Disse que éramos turistas e expliquei o ocorrido. Então notei que o grupo a que ela pertencia usava camisetas padronizadas.

— E vocês? — quis saber, por minha vez.

— Nós somos de uma organização chamada Defesa Verde. Protegemos os índios Kicatis. Somos responsáveis pela demarcação de suas terras. Tentamos evitar que percam sua identidade e sua reserva. Mas muita gente não está gostando de nosso trabalho. Principalmente os plantadores de uva. Eles querem as terras para a agricultura irrigada.

— Os plantadores de uva estão atacando os índios? — perguntou Alice.

— Tudo indica que sim.

PREFEITURA DE IVIT

— E as autoridades não tomam providência? — disse Bola.

— Estávamos diante da prefeitura exigindo uma atitude. Esses dois índios tinham desaparecido desde cedo. Mas, se depender do prefeito, tudo ficará na mesma.

— E o que é esse Bicho da Noite de que os índios falam? — perguntou Daniel.

— Uma figura da cultura deles que representa o Mal. É uma cobra de três cabeças. Suas línguas cortam como lâmina. Tem a altura de dois homens e olhos de fogo.

— Fo-fo-fogo? — gaguejou Palito.

— Sim — respondeu a mulher. — A propósito: meu nome é Sônia.

Sônia me cumprimentou, agradeceu nossa ajuda e disse que dali por diante poderíamos deixar os índios por conta dela e de seus companheiros. Antes de voltar para a *van*, ouvi a conversa de três senhores humildes sentados sobre uma carroça:

— Isso foi a Cobra, o Bicho da Noite.

— Nada. Isso é coisa dos negros da "Serra do Cabeça".

— Deus me livre.

Assim que sentei no carro, Alice me questionou:

— Precisava ser tão simpático?

— Como? — perguntei.

— "Como?" — remedou ela e virou o rosto.

— Do que você está falando? — insisti.

— Do que é que você acha que eu estou falando? — respondeu, furiosa.

Alice estava com ciúme de Sônia. Demorei muito para entender. Quando descobri o motivo de sua irritação, sorri:

— Mas, Alice...

— Não ria! — interrompeu ela.

Eu achava a situação absurda. Ela estava fora de si. Tentei dizer alguma coisa que a acalmasse. Os outros comentavam os acontecimentos recentes.

— O que é que ainda falta acontecer? — falou Zeca.

— Bem que avisei para a gente não vir para cá! — respondeu Daniel.

— E esse monstro de três cabeças? — perguntou Palito.

— O magrelo está com medo! — provocou Bola.

Zeca e Daniel se juntaram a Bola e passaram a zombar de Palito. Na realidade, porém, estávamos todos amedrontados. Não tínhamos idéia dos perigos que encontraríamos pela frente. Sabíamos apenas que alguma coisa muito estranha ocorria em Ivituri.

Seu Zito parou o carro diante da pousada em que havíamos feito reservas. Era uma casa confortável, a cinco quarteirões da praça. O dono do lugar nos recebeu muito bem e logo nos mostrou nossos quartos.

Aquele havia sido um dia longo. Tratamos de tomar banho e nos deitamos. Decidimos acordar cedo pela manhã, para discutir as informações obtidas e calcular os próximos passos.

Minha cabeça não parava de funcionar. Eu pensava no coronel, nos índios, no Bicho da Noite e nos tais negros da "Serra do Cabeça", de quem ouvira falar mas não sabia quem eram. Pensava também nos plantadores de uva, que Sônia acusara de estarem por trás da perseguição aos índios.

Entrei pela madrugada de olhos abertos. Não conseguia dormir com tantas perguntas na cabeça e podia apostar que Alice estava no mesmo estado de ansiedade. Pensei mais uma vez na briga boba que tivéramos. E imaginei que no dia seguinte ela estaria mais calma.

Foi então que atiraram uma pedra através da janela do quarto. Vi quando o objeto duro bateu na parede e caiu sobre a barriga de Bola, que continuou dormindo como se nada tivesse acontecido.

Estávamos no primeiro andar. Olhei para baixo, mas não encontrei ninguém. Curioso, apanhei a pedra. Era uma lasca de tijolo em que haviam escrito uma frase:

"mongaba iamí pe ita amerê."

Mais um bilhete em tupi.

8.
OS SUSPEITOS

No dia seguinte, após o café da manhã, reuni todos os integrantes do Clube no quarto para mostrar a novidade. Jonas abriu o dicionário do pai e começamos a pesquisa para desvendar o significado do bilhete. Daquela vez, as palavras estavam acentuadas, o que facilitaria nosso trabalho.

— "Mongaba" é "encontro", João — explicava Jonas, folheando as páginas do velho livro. — "Encontro" ou "reunião". Vamos ver... "íami". "Íami", achei. Significa "noite". "Pe" significa "em" ou "no", "na".

— "Ita" eu sei — disse Zeca. — "Ita" é "pedra". Sabem a ilha de Itamaracá? Então, Itamaracá quer dizer "pedra que canta".

— E "amerê"? — perguntou Alice.

Zeca levantou os ombros. Jonas respondeu:

— "Amerê" é "fumaça".

— "Encontro noite em pedra fumaça" — confirmei a frase. E pensei em voz alta: — O que será que isso significa?

— Significa que estamos diante de um louco! — resmungou Daniel.

— Não. Ele está marcando um encontro. Um encontro hoje à noite, nessa tal de "pedra fumaça" — falou Bola.

— Agora só falta a gente encontrar uma cartomante para adivinhar o significado da expressão — insistiu Daniel.

— Bola está certo — exaltou-se Jonas.

— Bola? Com razão? — falou Palito. — Então concordo com Daniel: essa história não pode dar certo.

— Cala a boca, Palito! — reagiu Jonas, nervoso.

— A gente realmente precisa se encontrar com esse estranho que nos chamou do Recife até aqui. Ele pode nos explicar o que está acontecendo — advertiu Alice.

— Bom, esse novo contato serviu, pelo menos, para mostrar que ele continua vivo — concordou Zeca.

Eu observava o diálogo em silêncio. Pensava que Alice ainda estava chateada. Não falara comigo durante o café da manhã. Por outro lado, conversara animadamente com Zeca, numa aproximação que não me agradava. Afinal, os dois eram ex-namorados.

Resolvi participar também da discussão, que se prolongava sem que se achasse uma definição para "pedra fumaça".

— Isso pode ficar para mais tarde — falei. — Acho que, agora, a gente deve analisar o dia de ontem.

— Certo — concordou o grupo.

— Primeiro, nossa "visita" ao coronel Zacarias — prossegui.

— O coronel é um homem muito perigoso — comentou Alice. — Todos os coronéis do tipo dele são homens perigosos.

— Como assim? — perguntou Jonas.

— Os coronéis mandam no sertão há séculos. Têm poder e dinheiro. Vivem em guerra — explicou Alice. — Nunca viram nos jornais? De vez em quando ocorre um crime entre as famílias poderosas do sertão. Eles se matam pela posse de terras. A família de quem morre promete vingança. E assim a coisa segue. Vão se matando eternamente.

— Enquanto isso o povo sertanejo sofre com a falta d'água. Para os coronéis, a seca não é problema. Têm dinheiro. Fazem reservatórios dentro de suas fazendas — acrescentei.

— O povo tem medo deles. Afinal, as pessoas mais pobres sabem que se desagradarem a um coronel podem acabar mortas — falou Alice.

— Alguns trabalham para os coronéis ganhando uma miséria. É o caso dos jagunços, como Antônio e Zé, que são encarregados de defender o coronel contra seus inimigos e manter seu poder através da violência — concluí.

— Tudo bem. Mas eu ouvi o coronel dizer que "as coisas tinham mudado" — disse Zeca.

— É verdade — concordou Jonas. — Parece que ele coloca a culpa nos plantadores de uva, na agricultura irrigada.

— Também falou com raiva dos índios — lembrou Bola.

— Porque os Kicatis têm as melhores terras de Ivituri — falou Zeca.

— Pelo visto, encontramos um suspeito — afirmou Bola.

— Calma aí! Sônia também acusou os plantadores de uva de quererem as terras da reserva dos índios — falei.

— É mesmo. Temos mais de um suspeito — concordou Zeca.

Nesse momento, Palito, que havia ficado calado desde que levara um grito de Jonas, resolveu se pronunciar:

— Vocês estão esquecendo um outro suspeito: o Bicho da Noite.

— Isso é folclore! — respondeu Jonas.

— Esse bicho não existe! — completou Zeca.

— Sei não... — falou Bola.

— Pois é, quem sabe? — disse Daniel.

Aquelas afirmativas nos deixaram apreensivos. Alice e eu não estávamos tão certos quanto Jonas e Zeca de que tudo era uma farsa. Bola, Palito e Daniel passaram a narrar uma série de histórias mal-assombradas. Aos poucos, fomos ficando com medo. Então ouvimos alguém bater à porta e tomamos um grande susto. Palito deu um salto e caiu nos braços de Bola.

— Sou eu — disse a voz do outro lado.

Jonas abriu a porta. Vimos o sorriso franco de seu Zito, que havia saído da pensão bem cedo para levar a *van* a uma oficina. Queria trocar a janela baleada e verificar se o automóvel estava em boas condições, depois dos acidentes da véspera.

— Só vim avisar que o carro está pronto. Assim que quiserem, podemos sair.

Deixamos o professor Eduardo na pensão, dormindo e roncando como na noite anterior, e resolvemos que faríamos uma visita às plantações de uva. Assim que entramos na *van*, me ocorreu um pensamento:

— Além do coronel, dos plantadores e do Bicho da Noite, temos de investigar ainda outro grupo suspeito.

— Qual? — perguntou Alice, dando a entender que a raiva passara.

— Os tais negros da "Serra do Cabeça"...

O carro partiu. Como não sabíamos a localização das plantações, paramos na praça para pedir ajuda. Diante da prefeitura, encontramos um homem novo, de camisa de malha e tênis.

— Moço, o senhor poderia nos dizer onde ficam as plantações de uva? — perguntei.

Ele abriu um sorriso e disse:

— Vocês devem ser os meninos que salvaram os índios, não? Muito prazer. Me chamo Lívio. Sou o prefeito.

Lívio nos cumprimentou e deu boas-vindas. Depois gastou um bom tempo falando das belezas naturais de Ivituri. Distribuiu encartes de propaganda. Perguntou-nos se já havíamos ido às famosas quedas d'água.

— Prefeito — interrompi-o —, a respeito dos índios... Esses ataques...

Ele fechou o sorriso:

— Estamos trabalhando nisso. Mas os índios, veja, eles se metem nas confusões lá deles e acabam se machucando. Vai ver tudo não passa de uma brincadeira. Boatos a respeito de uma perseguição só atrapalham o turismo. Os desocupados da Defesa Verde estão nos arruinando. Não há perseguição! É tudo coisa da cabeça deles.

O prefeito mudou de assunto e insistiu para que conhecêssemos as quedas d'água. Nós agradecemos o convite e tornamos a perguntar sobre o caminho para as plantações de uva. Ao ouvir a indagação, Lívio fechou o sorriso mais uma vez:

— Por que vocês querem tanto conhecer essas plantações?

Desconversamos, dizendo que precisávamos fazer um trabalho para a escola. A mentira era boa, mas não o convenceu. Em todo caso, ele indicou o trajeto. E antes de nos despedirmos, desejou-nos boa sorte.

— Boa sorte? O que será que ele quis dizer com isso? — falou Zeca.

— Muito estranho... — disse Jonas.

Alice meditava em silêncio. Ao fim de alguns minutos, virou-se para mim e concluiu:

— Não sei o que ele quis dizer. Mas, depois de tudo o que falou a respeito dos índios, acho que a gente deve incluí-lo na lista de suspeitos.

Eu tinha a mesma impressão.

9.
TENTATIVA DE ASSASSINATO

Nós alcançamos o campo e seguimos por uma estradinha de barro, entre enormes plantações de uva. Nada ali lembrava o sertão áspero e selvagem, violento e pedregoso.

Após uns vinte minutos de subida, topamos com a entrada de uma fazenda. A guarita estava vazia e o portão de ferro, aberto. Resolvemos ir adiante. Vimos um prédio de cinco andares e um amplo estacionamento, lotado de carros importados.

— Onde será que estamos? — perguntou Zeca.

Estávamos maravilhados. Ninguém esperava topar com uma construção daquelas, em pleno ambiente rural. O edifício parecia pertencer a uma empresa. Víamos escritórios, corredores e gente com gravata passando de um lado para outro.

— Acho que viemos ao lugar errado — disse Bola.

Pedimos a seu Zito que estacionasse o carro e nos esperasse. Dirigimo-nos à entrada principal do prédio. Atravessamos a porta automática e sentimos o vento frio do ar-condicionado em nossos rostos. No saguão, uma secretária sorridente falava ao telefone e algumas pessoas esperavam, sentadas em poltronas. Um segurança nos observava.

— Pois não? — perguntou a moça, desligando o telefone.

— Bem, a gente veio fazer uma pesquisa de colégio sobre as plantações de uva, mas parece que... — iniciei.

— Ah, vieram ao lugar certo, sim. Aqui é a sede do grupo — explicou ela.

— Do grupo?

— Sim, do Grupo Aguaterra, a empresa dona das plantações de uva de Ivituri.

— Quer dizer que as plantações pertencem a uma só pessoa?

— Não. São vários sócios. Nós somos uma empresa grande.

Ela se calou por um instante, esperando minha reação. Em seguida, apontou um homem de paletó claro e calça jeans que se aproximava.

— Vocês estão com sorte. Aquele ali é o nosso gerente. O nome dele é Macedo. Ele vai poder ajudar na sua pesquisa. Venham comigo.

A mulher se levantou e se dirigiu a Macedo. Em poucas palavras, explicou-lhe nosso objetivo. Ele sorriu e convidou:

— Ah, terei o maior prazer em apresentar a empresa. Vocês vão reparar que estamos fazendo uma revolução na agricultura, trazendo progresso ao sertão. Vamos. Sigam-me.

Macedo era um homem jovem e simpático. Tomamos o elevador e o acompanhamos num giro pelo prédio. Ao longo dos corredores, encontramos salas com equipamento de escritório, computadores conectados à Internet, aparelhos de televisão ligados em circuito, ambientes para conferências, auditórios, refeitórios, uma biblioteca abarrotada de livros, um salão de jogos e gente atenta ao serviço. A limpeza era exemplar.

Percebendo nossa admiração, Macedo sorriu e disse:

— Essa é a sede do Grupo. Agora, venham. Vamos conhecer as plantações.

Saímos do edifício e tomamos três pequenos carros, como aqueles usados pelos jogadores de golfe. Macedo e mais dois empregados nos levaram através das trilhas, entre as parreiras.

Logo vimos pessoas humildes vestidas de macacões, trabalhando na colheita. Nosso guia indicava algumas valas, dizendo que serviam para irrigar a plantação. E nos apresentava a fiscais que tomavam nota do trabalho realizado.

Por fim, alcançamos uma construção que ele afirmou ser a morada dos trabalhadores braçais. Ao lado dela fora erguida uma outra, que lhes servia de escola. E, mais ao longe, havia um centro cultural onde, nos finais de semana, podiam praticar esportes ou dedicar-se a atividades artísticas.

De volta à sede da empresa, Macedo falou, orgulhoso:

— E então, que acharam? Vocês precisam saber que essas terras eram secas como qualquer outra do sertão. Aqui não se plantava nada, até que o Grupo resolveu praticar a irrigação de uma maneira inteligente e moderna. Usando tecnologia, nós transformamos o deserto num verdadeiro paraíso.

Ele fez uma pausa e continuou:

— Estamos mudando a própria cultura do povo. O sertão era dominado pelos coronéis, que só entendem de guerrear e nunca fizeram nada para melhorar as condições de plantio. É uma mentalidade atrasada. Há séculos plantam e colhem do mesmo jeito. Tratam o povo como escravo. Nossos empregados têm todos os benefícios da lei. E ainda oferecemos educação e cultura a eles. Para nós, são colaboradores.

Após sorrir e fazer um carinho na cabeça de Bola e Palito, ele concluiu:

— Aqui não há um homem que manda e exige o que quiser de seus empregados, como os coronéis. Existe um trabalho com hora marcada e gerentes, fiscais, tudo organizado, como em qualquer empresa.

Nós estávamos de boca aberta. Realmente, o Grupo Aguaterra parecia ter feito uma revolução. Pensei comigo que se todos agissem como eles, o sertão já teria mudado. E não veríamos mais a fome e a miséria por falta de água.

Ao final da conversa, Macedo nos levou até a *van*. Nós nos despedimos e ele nos convidou para voltarmos quando quiséssemos:

— Estamos aqui para esclarecer qualquer dúvida.

Era meio-dia. O sol estava forte e a estada na fazenda nos deixara suados. No caminho de volta, comentávamos as novidades que acabáramos de ver.

— Impressionante!

— Fantástico!

Num trecho da descida, avistamos uma caminhonete atrás de nosso carro. Vinha em alta velocidade e levantava bastante poeira. Não havia espaço para ultrapassagem. Aguardamos sua aproximação. De repente sentimos uma batida na traseira da *van* e fomos lançados para a frente. Seu Zito quase perde o controle do automóvel.

— Que é isso?! — perguntou Alice.

Logo sentimos mais uma pancada. A caminhonete não tinha placa. Seu motorista usava uma máscara negra. Com muita dificuldade, seu Zito dominava o veículo, evitando que nos precipitássemos no abismo que costeava pedaços da estrada.

As batidas ficavam mais intensas. Estávamos no limite. O acidente parecia próximo. Até que chegamos a um ponto onde o caminho se alargava. Seu Zito realizou uma manobra inteligente, puxou o carro para o lado e deixou nosso perseguidor passar.

Vendo que perdera a batalha, o homem acelerou ainda mais fundo e desapareceu de nossas vistas. Então seu Zito diminuiu a velocidade e escutamos um barulho.

— Que houve, seu Zito? — perguntou Alice.

— Algum problema no motor. Vamos torcer para chegar à cidade.

Lentamente, sambando sobre as quatro rodas, o carro entrou na cidade. Seu Zito parou na oficina e nós seguimos a pé para a delegacia, que ficava na praça. Durante a caminhada, todos falavam ao mesmo tempo. Estávamos excitados e amedrontados com a perseguição. Apenas Palito não se pronunciava. Parecia em estado de choque. Sua única reação era abanar o rosto com um encarte de propaganda de Ivituri que o prefeito nos dera.

Na delegacia, encontramos apenas um policial. Ele cochilava na cadeira, com as pernas sobre a mesa.

— Senhor! — chamamos.

O homem despertou assustado e sacou o revólver.

— Calma! Queremos prestar uma queixa — expliquei.

— Queixa? — perguntou o outro, sonolento.

— Sim. Uma tentativa de assassinato — prossegui.

Ele me fitou por longo tempo. Bocejou, esfregou as mãos no rosto, penteou o cabelo com os dedos e inclinou o corpo para a frente:

— Que história é essa, menino?

Contei a ele em detalhes o que nos tinha acontecido. Ao final da narrativa, ele riu:

— Caminhonete vermelha? Certo. Muito bem. Eu vou anotar aqui a queixa de vocês e vou mandar verificar o caso.

— O senhor não acredita? — perguntou Alice, indignada.

— Mas, claro... — respondeu o policial, com o mesmo sorriso. — Não disse que vou mandar verificar?

— A gente não está mentindo! — gritou Jonas. — Se quiser, pode procurar nosso carro na oficina!

— Epa! Olha como fala, menino! É bom ficar calado! — reagiu o homem.

Estava claro que aquele sujeito não nos levava a sério. Pensava que éramos um bando de crianças inventando histórias. Tinha dito que anotaria nossa queixa, mas nem dispunha de papel e lápis.

Saímos da delegacia enfurecidos e decepcionados. Antes de entrar na pousada, ouvimos Palito gargalhar. Ao vermos sua alegria sem motivo, pensamos que o episódio da caminhonete o houvesse deixado maluco de uma vez por todas. Essa idéia foi expressa por Bola, que girou o dedo ao redor da orelha para dizer que o amigo perdera o juízo.

Para nossa surpresa, no entanto, Palito se virou para nós e disse, mostrando o encarte de propaganda de Ivituri:

— Olhem aqui! Existe um lugar na cidade chamado Pedra da Fumaça. Lembram do bilhete? "Pedra fumaça." É lá que nosso índio marcou o encontro.

Olhamos para o papel e confirmamos o que dizia.

— Você é um gênio, Palito! — falou Alice, dando-lhe um beijo no rosto.

— Eu sei — respondeu ele, convencido.

10.
MAIS UMA VEZ PRISIONEIROS

No saguão da pousada, encontramos o dono do estabelecimento. Ele conversava com um amigo.

— Aconteceu de novo — informava seu parceiro.

— Quantos índios, dessa vez?

— Um.

— Eu confesso que começo a ter medo do Bicho da Noite.

— Isso parece coisa da gente da Serra do Cabeça, você não acha? Sempre tive receio de que voltassem a atacar como antes, na época de nossos avós.

Paramos para ouvir o diálogo. Quando o dono da pousada nos viu, abriu um sorriso ameno e nos saudou:

— Como é que vão, meninos?

— Bem — respondi. — Desculpe, seu Jairo, mas o senhor estava falando de um novo ataque aos índios?

— É. Vocês não vieram a Ivituri numa boa época — disse ele. E mudou de assunto: — O almoço está pronto. Temos hoje alguns pratos típicos. Espero que aprovem.

— Ótimo. Mas antes me diga: quem são esses negros da Serra do Cabeça?

— Ah, um povo esquisito que habita uma serra aqui perto. São descendentes dos escravos fugidos das plantações da zona da mata. Há dois séculos, fizeram um quilombo. E até hoje permanecem isolados do restante da população de Ivituri.

— Por que alguns acham que eles podem estar perseguindo os índios?

— Por conta do passado. Eles costumavam seqüestrar índias e levá-las ao quilombo. Também roubavam gado e instrumentos de trabalho para sobreviver. Sempre causaram muito medo aos moradores daqui.

Agradeci as informações e nos dirigimos à sala contígua, para almoçar. Mas ninguém estava interessado na comida, e sim no que ocorria com os índios.

— Minha cabeça está fervilhando! — confessou Jonas.

— A minha também — acompanhou Bola.

— O que é que temos de concreto até agora? — falei.

— Alguns suspeitos e um encontro marcado — lembrou Alice.

— Além de uma tentativa de assassinato — disse Daniel.

— Ou seja, nosso inimigo já sabe o que viemos fazer aqui — afirmou Zeca.

— Certo. Precisamos agir — disse Jonas.

— Já fomos às plantações e conhecemos o coronel.

O encontro de hoje à noite pode esclarecer tudo — recapitulei.

— Mas, antes, a gente pode ir à reserva dos índios, por que não? — sugeriu Bola.

— Vamos à reserva dos índios — repetiu Palito, como se a idéia tivesse sido sua.

— É, a gente pode obter detalhes da boca das próprias vítimas — emendou Alice.

— E a Serra do Cabeça? — perguntei.

— Vamos a ela depois — disse Zeca.

Comemos a refeição, apressados. Dispúnhamos de pouco tempo para resolver o enigma.

Almoçávamos, ainda, quando seu Zito voltou da oficina com a notícia de que o carro só ficaria pronto em dois dias. Em seguida, o professor Eduardo Dantas surgiu à entrada da sala. Acabava de acordar. Vestia uma bermuda, um chapéu de sol, e trazia uma espécie de puçá sobre o ombro direito.

— Bom dia, meninos — disse. — E então, o que há para fazer nessa cidade?

Nós nos entreolhamos. Já havíamos esquecido do professor. Tanta coisa acontecera desde a véspera e ele não estava a par de nada! Agora sorria, aéreo, despreocupado.

— Professor, o que o senhor está fazendo com essa rede? — perguntou Palito.

— Isso? — disse ele, levantando aquilo que parecia ser um artefato de pesca. — Ah, eu vou pegar borboletas...

Por aquela ninguém esperava. A cidade estava alarmada, nós corríamos risco de vida, ameaças surgiam a cada esquina, e Eduardo Dantas iria calmamente caçar borboletas!

— O senhor não acha arriscado, professor? — perguntou Bola.

— Não, Bola. As bichinhas são inofensivas — respondeu ele, referindo-se às borboletas.

Naquele exato instante, Eduardo estava tão desinformado quanto um extraterrestre que acabasse de pousar na Terra.

— Vocês não querem me acompanhar? — convidou ele, sentando-se à mesa.

Após o almoço, seu Zito retornou à oficina. Explicou que sua presença apressaria o trabalho dos mecânicos:

— De outro modo, eles podem relaxar no serviço.

O professor foi à caça e nos deixou, com uma recomendação:

— Cuidado com os mosquitos.

E nós seguimos para a aldeia dos índios Kicatis.

O caminho era longo e se fazia através de uma picada que cortava a mata. De ambos os lados, ouvíamos ruídos de bichos. Também escutávamos barulho de água correndo. Nossos passos eram interrompidos por pedras, troncos e galhos.

Eu estava nervoso e sentia a mão de Alice suar em contato com a minha. Estávamos entrando em território estranho para todos. Tínhamos sido criados na cidade, nada entendíamos da mata. Os mínimos zumbidos nos pareciam uma ameaça.

Não sei por quanto tempo caminhamos. A impressão era de que jamais chegaríamos. Bola e Palito reclamavam do extenso percurso.

— Isso não chega nunca, João? — perguntava Palito.

— Tem certeza de que a aldeia fica neste estado? — ecoava Bola.

— No mínimo, erramos o caminho! — dizia Daniel.

— Não seria melhor se nós voltássemos? — perguntou Alice, resumindo o sentimento geral.

Paramos para tomar ar. Talvez Alice estivesse certa. E se voltássemos?

— Vamos em frente! — chamava Zeca.

Para um atleta como ele, aquele trajeto não apresentava dificuldades.

— Concordo — emendava Jonas, que adorava desafios.

De repente, ouvimos passos.

— Quem será? — perguntou Daniel.

— O que será?! — corrigiu Bola.

— Acho bo-bom a gente correr — declarou Palito.

Nós nos pusemos em movimento. Atrás de nós, os passos ficaram mais rápidos. Tratamos então de correr. Mas era difícil o avanço sobre buracos, pedras, cipós e galhos espinhentos.

Palito caiu. Bola voltou para ajudá-lo. Pôs o amigo nas costas e retomou a corrida. Reparei que os passos de nosso perseguidor lembravam um galope. Ouvi um relincho.

— Vamos! — gritava Zeca, tentando nos animar.

Porém não fomos muito longe. Logo adiante um rochedo interceptava a picada. E enquanto decidíamos qual saída tomar, avistamos dois cavaleiros. Restava-nos apenas esperar sua abordagem.

Os homens pararam. Tiraram os chapéus, nos apontaram suas armas e sorriram. Eram Zé e Antônio, os dois capangas do coronel Zacarias.

— O que vocês "tá" fazendo aqui? — perguntou Zé, coçando o rosto.

— Nós estamos indo à aldeia dos índios Kicatis, por quê?! — falou Jonas.

Zé franziu a testa, observando nosso amigo. Jonas continuou no mesmo tom:

— E vocês? O que fazem aqui?

Os jagunços se surpreenderam. Passaram alguns

segundos com os rostos virados um para o outro. Zé retomou a palavra:

— Nós "tá" caçando...

— Dentro de uma reserva indígena? — perguntei.

— E daí? Nós "caça" onde nós "quiser"! — respondeu Antônio.

— Mas dentro da reserva é proibido. A terra é dos índios — arriscou Alice.

— Proibido por quem? Quem faz a lei aqui é o coronel. Se ele deixa, nós "caça". E que os "índio" vão morar em outro lugar, diabo!

— E você ia caçar com revólver? — reparou Bola, que durante todo o tempo do diálogo vinha tentando retomar o fôlego.

Realmente, ninguém tinha notado que Antônio usava um revólver. O mesmo que empunhava quando nos levaram ao coronel. Aquela arma não era própria para caça.

— Como assim? — perguntou Antônio, sem saber o que dizer.

Zé veio em seu socorro:

— "Vamo" embora! Deixa esses "menino" aí.

Depois ameaçou, nos encarando:

— É bom vocês "tomar" cuidado!

E eles retomaram o caminho na direção da cidade.

Restava-nos decidir sobre que atitude tomar. Feita

uma votação, ganhou a proposta de continuarmos no caminho até a aldeia Kicati. Então reiniciamos a jornada.

Andamos mais vinte ou trinta minutos sem ver a aldeia. Até que escutamos um brado e estacamos. A vegetação tremulou. Imediatamente um grupo de homens saltou para fora da mata e lançou redes sobre nossas cabeças. Com agilidade nos derrubaram, imobilizaram e enlaçaram.

Estávamos presos.

11.
UMA CONVERSA INTRIGANTE

Fomos arrastados até uma clareira. Havia ali casebres de madeira e casas de tijolo, crianças nuas, mulheres e homens com e sem camisa. Amarraram-nos a uma árvore e uma multidão se reuniu ao nosso redor. A maior parte das pessoas tinha uma cor de pele entre o marrom e o vermelho. Vimos cabras, galinhas e porcos soltos, andando sobre o areal.

Após alguns minutos, assistimos à chegada de uma figura importante do lugar. As pessoas abriam passagem para ela com muito respeito. Senti um estremecimento e o suor escorreu sobre meu rosto. Diante da reação do povo, a impressão que tinha era de que acompanhávamos a chegada de um juiz que decidiria nosso destino.

Mas, quando chegou bem perto, nós pudemos reconhecê-la. Era Sônia, que nos olhou de um modo severo.

— Sônia, somos nós! — gritei.

Ela não alterou os modos sérios. Deu mais dois passos e me interrogou:

— O que vocês estão fazendo aqui?

— Nós? — respondi. — Bem... nós queríamos visitar a aldeia...

— Não deveriam ter feito isso. Não sozinhos.

Em seguida, virou-se para os homens que nos haviam prendido e ordenou:

— Soltem os meninos. São amigos.

Não é preciso dizer do alívio que sentimos ao ouvir aquelas palavras. Imediatamente fomos soltos e Sônia nos levou a um grande círculo no centro da aldeia. Quando nos sentamos, em pedras e bancos de madeira, eu disse:

— Então essa é a aldeia dos Kicatis?

— Sim — respondeu ela. — Sejam bem-vindos.

Nós passamos os olhos sobre as construções que nos cercavam e o povo que habitava ali. Estávamos decepcionados. Quando nos falaram numa aldeia indígena em Ivituri, imaginamos que se tratasse de um lugar semelhante aos que vemos em filmes sobre a Amazônia: ocas de palha, índios pintados, segurando instrumentos musicais ou armas, dançando em rituais próprios de sua cultura.

Entre os Kicatis não havia aquilo. Algumas casas eram de palha, algumas pessoas usavam brincos e adornos indígenas, algumas mulheres fabricavam cestos de fibra. Mas havia também casas de tijolo, pessoas trajando roupas de brancos e ouvindo música americana, energia elétrica e até aparelhos domésticos. Para nós, aquilo foi um espanto.

— Eu sei o que vocês estão pensando — disse Sônia. — Os índios estão perdendo sua cultura. Agem e pensam como brancos. Para terem uma idéia, o filho do pajé tem até uma banda de rock! Estão perdendo a identidade. Acabam se transformando em pobres, miseráveis. É contra isso que a Defesa Verde está lutando.

Enquanto ela falava, analisei os nativos que nos rodeavam, sentados ou agachados. Uns vestiam bermudas, outros tangas. Uns usavam brincos de penas, outros *piercings*. Uns andavam descalços, outros calçavam tênis de marca.

— Nós estamos desenvolvendo um trabalho que pretende trazer os índios de volta a sua cultura — continuou Sônia. — Mas encontramos muita resistência, como lhes disse.

Alice interveio:

— Mas Sônia, nós estivemos na sede do Grupo Aguaterra e saímos de lá encantados. O que eles estão fazendo é uma revolução.

— Aí é que está o problema — respondeu Sônia. — Eles estão mudando hábitos antigos. Os índios que trabalham lá acabam perdendo a cultura. Eles fazem uma lavagem cerebral nos empregados. Ensinam que progresso é se livrar dos hábitos do índio ou do sertanejo.

Ela parou um momento, fitando o chão. E continuou:

— Como os índios perderam muito de sua cultura, acabam sendo atraídos para o trabalho no Grupo. Assim, vão incorporando ainda mais o modo de ser dos brancos. É isso o que os plantadores querem. Quando os índios tiverem perdido a cultura e se transformado apenas em cidadãos pobres, não haverá mais motivo para continuarem a possuir uma reserva indígena. Então o Grupo poderá comprar essas terras, entendem?

Não tínhamos pensado sobre o assunto daquele ponto de vista. Em poucos minutos de palestra, Sônia conseguiu demolir toda a idéia que tínhamos a respeito do Grupo Aguaterra e de suas boas intenções. Ainda assim, Alice insistiu:

— Mas eles parecem tratar bem os funcionários. Têm até uma escola...

— A educação que eles dão aos empregados é uma educação de brancos, moradores de cidades grandes. Lá, eles aprendem como é ruim ser índio ou sertanejo. Também oferecem moradia aos trabalhadores. E dessa maneira afastam ainda mais os Kicatis de sua terra.

— Entendi — disse Zeca.

— Eles não agem como os coronéis de antigamente, que querem tomar as terras dos índios usando a força das armas — concluiu Sônia. — Agem de uma maneira mais "moderna". Atacam a própria cultura indígena.

Um silêncio desanimado se seguiu à última frase de Sônia. Bola o interrompeu:

— E você acha que são eles que estão atacando os índios?

— Quem mais haveria de ser? Hoje agrediram mais um. Estão explorando a crença dos índios no Bicho da Noite — disse ela. E se virando para um dos índios, pediu: — Mostre as suas costas, Maneco.

Um adolescente magro levantou a camisa e mostrou cortes que cobriam todo o seu tronco. Sônia prosseguiu:

— Eles não vão descansar até tomarem essas terras.

— E o que a Defesa Verde está fazendo para impecir isso? — perguntei.

— Estamos reeducando os índios, tentando fazer que relembrem as antigas formas de caçar, pescar e produzir objetos. Começamos a dar aulas em sua língua.

— O tupi — completei.

— Tupi? — estranhou ela. — Não. A língua Kicati é do tronco lingüístico Jê. Os índios do sertão nordestino não falavam tupi. Quem falava tupi eram os índios do litoral. Os outros índios, os do interior, eram chamados por eles de "tapuias".

Aquela informação caiu como uma bomba sobre nós. Se os Kicatis não falavam tupi, quem então nos escrevera as mensagens? Sônia percebeu nosso nervosismo:

— Algum problema?

Pensei em lhe contar tudo, em dizer o verdadeiro motivo de nossa vinda a Ivituri. Afinal, era nossa amiga. Mas as decisões no Clube foram sempre tomadas em votações e eu não tinha o direito de agir sem consultar meus amigos. Logo, disfarcei:

— Sônia, você já ouviu falar dos negros da Serra do Cabeça?

— Sim. São descendentes de escravos. Habitam uma serra nos arredores de Ivituri.

— Você acha que eles têm alguma coisa a ver com esses atentados aos índios?

— Os negros? Não. Os negros da Serra do Cabeça evitam todo tipo de contato com os brancos. Eles se mantêm fechados em sua comunidade desde que formaram o quilombo. A história é muito bonita. Os negros resistiram a vários ataques dos brancos, que queriam destruir seu quilombo no século XVIII. Até que o governo de Pernambuco ofereceu as terras de Ivituri para um bandeirante paulista. Esse homem veio de São Paulo até aqui com sua tropa. Instalou-se em Ivituri, fundou e deu nome à cidade. Mas não conseguiu derrotar os negros, que permanecem na Serra do Cabeça até hoje.

Ela fez uma pausa, mordeu o lábio inferior e prosseguiu:

— Seu chefe proíbe os membros da comunidade de trocar qualquer palavra com estranhos ou ter contato

com os brancos. Nós temos aqui um menino que fugiu de lá. Cadê ele?... Malugu!

Um menino negro levantou-se do meio dos índios. Sônia o apresentou:

— Esse é Malugu. Desistiu de viver lá na serra e resolveu descer para a cidade. É muito inteligente. Em pouco tempo aprendeu a ler e escrever. Hoje em dia, estuda Inglês e usa o computador como poucos. Nós o trouxemos para trabalhar conosco.

O garoto tinha olhos tristes. Não parecia confortável com aquela situação. Sônia insistiu:

— Conte aos rapazes como era a vida na serra, Malugu.

— Ruim — disse o menino, sem ânimo. — A gente não sabia escrever nem aprendia a usar o computador.

— Ele adora ler — explicou Sônia.

Ela agradeceu a Malugu, que voltou a se sentar. Em seguida, nos levou para conhecer melhor a aldeia.

Eram quase cinco horas da tarde quando deixamos as terras dos índios Kicatis. Precisávamos nos apressar. A noite estava chegando e tínhamos um encontro marcado na Pedra da Fumaça. Pela primeira vez, nos víamos perto de entender tudo o que se passava em Ivituri.

12.
ENCONTRO INESPERADO

A Pedra da Fumaça era um lugar muito visitado pelos turistas, porque em suas cavernas havia pinturas rupestres. Aliás, o sertão nordestino é rico em achados arqueológicos. No Piauí, por exemplo, já foram encontrados restos de uma fogueira de sessenta mil anos. E essa descoberta provocou uma discussão entre cientistas de todo o mundo.

Nas paredes da Pedra da Fumaça, podemos ver desenhos de homens dançando, caçando e em outras atividades. Também há pinturas de animais. Os estudiosos acreditam que os desenhos faziam parte de rituais mágicos, que serviam para ajudar os caçadores primitivos a conseguir comida.

Um dos rapazes Kicatis nos acompanhou até a saída da mata. E foi seguindo-o que vencemos o labirinto de árvores e alcançamos a estrada larga que subia até o local das pinturas. Usávamos tochas para iluminar o caminho.

Nosso guia se chamava Mateus e parecia assustado. Aliás, como todos na aldeia. Os índios agora se limitavam a percorrer uma pequena porção do território da reserva. De maneira alguma chegavam perto de uma região denominada Grotão das Almas, porque acreditavam ser lá que morava o monstro que os perseguia.

Quando chegamos à estrada, Mateus disse:

— Agora é com vocês. Daqui eu não passo. Estamos perto do Grotão. Olhem, é só seguir reto. Cuidado... Muito cuidado...

E retornou apressado, sumindo na mata. O sol havia se posto. Lâmpadas no alto de postes de madeira iluminavam o caminho. Resolvemos dispensar as tochas, que provocavam enorme calor, e marchamos em frente.

— E então — perguntei —, o que vocês acharam dessa história dos Kicatis não falarem tupi? Quem será que nos mandou as mensagens?

— Só pode ter sido uma armadilha — concluiu Daniel.

— Quem iria fazer uma armadilha? Com que interesse, bobão? — falou Palito, que estava acomodado sobre as costas de Bola.

Na queda que levara ao fugir de Zé e Antônio, ele machucara o pé direito. Assim, nos revezávamos para carregá-lo. Agora era a vez de Bola, que realizava a tarefa com sacrifício:

— Eu... humpf... acho... humpf... que Palito... humpf... tem razão...

— Já eu não confio no que Sônia diz! — exclamou Alice.

Ninguém lhe deu resposta. Todos viram ali uma clara reação de ciúme.

— Tem algo nela que não me agrada — continuou minha namorada. — Insiste na culpa dos plantadores de uva. Mas a gente viu Zé e Antônio na mata e eles não têm nada a ver com os plantadores. Alguma coisa não cheira bem nessa história.

— Deve ser o chulé de Daniel — provocou Palito.

— E também tem o prefeito, que parece odiar os índios — lembrou Zeca.

— E esses misteriosos negros da Serra do Cabeça... — falei.

— É muita confusão — disse Zeca.

— É, mas tudo isso pode ser solucionado daqui a pouco — afirmou Jonas, pedindo que apressássemos o passo.

De fato, estávamos a poucos metros de encontrar o desconhecido que nos mandara mensagens em tupi. Àquela altura, só ele poderia dizer com certeza o que estava acontecendo.

A caminho da Pedra da Fumaça, logo percebemos a bobagem que foi termos jogado fora nossas tochas. À medida que chegávamos perto do monte, as lâmpadas se tornavam raras. Às vezes, andávamos longas extensões sem um único raio de luz que nos guiasse. Apenas a lua nos prestava algum auxílio.

À noite, os ruídos da mata cresciam e acompanhavam de perto a longa caminhada. Mergulhávamos no escuro. Ouvíamos o vento sobre a vegetação, o canto das cigarras. Morcegos cruzavam sobre nossas cabeças. Escutávamos pios de corujas. Animais rasteiros atravessavam a estrada.

— Ai! — gritou Palito a certa altura, ao sentir que algo lhe tocava.

— Um bicho! — ecoou Bola e disparou com o amigo nas costas.

— É só um morcego — explicou Jonas aos dois, que se afastavam.

— Molóides — disse Daniel.

E nós rimos para esconder o próprio medo, pois a escuridão era apavorante e a mata fechada parecia guardar uma surpresa desagradável.

Finalmente, numa curva do caminho, lemos uma placa de sinalização que informava: "Sejam bem-vindos à Pedra da Fumaça, Patrimônio Histórico da Humanidade". A frase estava escrita em português e inglês e nos deu enorme alívio. Ao contrário da estrada, o local era iluminado e muito bonito.

— Que maravilha! — falou Alice.

— Muito bonito! — concordou Jonas.

— Ótimo, muito bom mesmo! Agora, alguém que ponha esse magrelo nas costas, porque eu não vou subir isso aí com o peso dele! — reclamou Bola, referindo-se a Palito.

Estávamos impressionados com a beleza da Pedra. Não esperávamos um espetáculo daqueles depois do caminho duro que enfrentamos. Palito passou às costas de Jonas e nos preparamos para a escalada. Porém, de repente, ouvimos um enorme estrondo e todas as luzes se apagaram.

— Bola!

— Palito!

— Jonas!

— Daniel!

Cada um tratou de chamar um amigo para perto de si. Nada enxergávamos. Em seguida, escutamos um ruído ensurdecedor, que misturava rugidos, vozes e urros, e que ecoava por todos os cantos da mata.

Gritávamos, mas nossas vozes eram cobertas pelo som. Estávamos paralisados de medo e não sabíamos o que fazer. Foi então que surgiram, do meio da mata, duas bolas de luz vermelhas.

— O Bicho da Noite! — soltou Palito.

Os olhos do monstro cresceram e avançaram em

nossa direção. Cegos e apavorados, disparamos mata adentro, sem rumo. E em nossa fuga, sentíamos pancadas nas costas, chicotadas cortantes como lâminas — as línguas afiadas do terrível Bicho da Noite.

13.
PERDIDOS NA MATA

Corri o mais que pude, conduzindo Alice pela mão. Nós nos internamos na mata. Aos poucos, os ruídos do monstro cessaram. Não víamos mais seus olhos vermelhos. O escuro tornou a nos envolver.

— Onde estão os outros? — perguntou-me Alice.

— Não sei.

Havíamos nos separado do grupo. Cada um tinha tomado uma direção.

— O que a gente vai fazer, João? É impossível encontrar uma saída desse lugar. E os animais selvagens estão soltos por aí!

A verdade é que estávamos completamente perdidos, sozinhos numa região desconhecida e expostos a todo tipo de ameaça. Não conseguiríamos nos defender do ataque de uma fera ou do bote de uma cobra.

— Calma. Não vamos nos desesperar — falei, para encorajar Alice.

Os minutos passaram. Não demorou até que cansássemos e resolvêssemos parar de caminhar. O problema era saber onde. Haveria local seguro? Àquela altura, nossos olhos já haviam se acostumado ao escuro. Mais uma vez, a lua nos servia de lanterna em um mundo de sombras. Víamos os ramos do arvoredo como fantasmas.

— Minhas costas estão ardendo — declarei.

Alice levantou minha camisa.

— Nossa, João! Você está sangrando! — exclamou.

— E como dói! Agora eu sei o que os índios estão sofrendo.

Ela tirou o lenço que enfeitava seu pescoço e o pressionou sobre o ferimento.

— Ai! — reclamei.

— Não se mexa. Isso vai estancar o sangue.

Assim que Alice terminou de dizer essas palavras, escutamos um rugido. Ela arregalou os olhos. Um arrepio percorreu meu corpo. Ficamos imóveis, ouvindo o farfalhar de patas sobre folhas secas. Em seguida, novo bramido de fera ecoou.

Senti os braços de Alice apertarem meu peito. Estávamos sem ação. Girei a cabeça para os lados, mas não conseguia distinguir nada além de uma grande árvore de galhos grossos e tronco branco.

O animal continuava a rugir. Outros bichos respondiam a seus urros. Ouvimos pássaros em revoada. O mato inteiro fremia. Um veado surgiu entre touças de capim, passou bem perto de nós e desapareceu. Foi aí que Alice teve a idéia:

— A árvore! Vamos subir na árvore!

Nós nos levantamos e escalamos o tronco branco, escorando os pés nos nós salientes da madeira e nos galhos firmes.

— Aqui, estaremos seguros — sorriu Alice, quando chegamos à copa.

De fato, estávamos bem distantes do solo, amparados por ramos fortes, sobre os quais podíamos nos recostar com certo conforto. Lá embaixo, a correria e os rugidos prosseguiam.

— E agora? Vamos passar a noite aqui? — perguntou Alice, acomodando a cabeça em meu peito.

— Acho que sim.

De onde estávamos, podíamos ver o céu cheio de estrelas e a lua banhando a mata. Uma série de morros erguia-se adiante. A paisagem era bonita. Após contemplá-la por alguns minutos, Alice suspirou e fechou os olhos. Passei a acarinhar seus cabelos.

À medida que observava a lua, as estrelas, o céu, os montes, a mata e o rosto calmo de Alice, ia sendo tomado por um sentimento bom. Sentia o corpo relaxado, a mente concentrada e tudo parecia cheio de vida, luz e cor. Não sei explicar. Mas, pela primeira vez, entendia a alegria de Alice diante de uma obra de arte.

Ela me dizia que os poetas, pintores e escritores tinham o dom de transformar as coisas, torná-las mais

atraentes, apresentar a vida de uma maneira nova. E que os artistas a faziam enxergar a realidade como um espetáculo.

Era o que eu estava sentindo. Via a luz prateada da lua sobre os cabelos de Alice ou uma folha da árvore e tudo parecia lindo. Também me vieram à mente as aulas de Eduardo Dantas. De repente, me dei conta de que tudo o que via era constituído por átomos. Todo o Universo, com bilhões de planetas, cometas, sóis e galáxias era formado da mesma matéria que eu.

— Olha!

A exclamação de Alice me trouxe de volta à realidade. Virei-me na direção em que ela apontava e vi uma série de luzes surgirem ao longe.

— É a cidade, João! Veja ali a estrada!

Alice mostrava Ivituri, que estivera às escuras com a queda de energia e surgia de novo acesa aos nossos olhos.

— Que sorte! — falei. — Quem diria que a gente estava esse tempo todo tão perto!

Descemos da árvore e, com dificuldade, retomamos o caminho de barro. Pudemos notar que nossos corpos estavam cheios de feridas e nossas roupas, um tanto rasgadas. Andávamos a passos curtos e lentos, devido ao cansaço. Estacávamos para recuperar o fôlego e a disposição. Até que ouvimos um galope.

Sem dizer nada, Alice me puxou e nos escondemos no mato. Eu não entendi o gesto dela, esperava pedir ajuda a quem estivesse se aproximando. No entanto, logo descobriria o motivo de sua precaução. Do esconderijo, vimos Zé e Antônio passarem em seus cavalos, levantando o pó da estrada.

Chamou minha atenção o fato de Antônio carregar na garupa de sua montaria um embrulho volumoso, que pendia de ambos os lados. Parecia um tapete enrolado. E continha algo em seu interior.

Quando se distanciaram, Alice indagou:

— Você percebeu?

— O embrulho?

— Não! As camisas deles... Estavam sujas de sangue.

Não tinha notado.

— O que será que carregam ali? — perguntei.

— Coisa boa não deve ser.

Após o susto, reiniciamos a jornada. Agora, mais ansiosos. Aquela aventura em Ivituri estava se mostrando pior do que qualquer um de nós teria sido capaz de imaginar.

Ao fim de meia hora, chegamos à cidade. Assim que alcançamos a praça, vimos Zeca, Jonas e Palito. Saíam da prefeitura.

— João, Alice! — disse o primeiro, correndo para nos abraçar.

— Que bom ver vocês! — falei.

— Cadê Bola e Daniel? — perguntou Alice.

Zeca entristeceu-se e baixou a cabeça. Mas Palito, que vinha afobado, segurando-se no ombro de Jonas para caminhar, informou:

— Foram pegos pelos negros da Serra do Cabeça!...

— Como?!

Negros da Serra do Cabeça? Eu e Alice estávamos mais do que surpresos. Não conseguíamos entender o que Palito dizia. Que história maluca era aquela? Por que os negros da Serra do Cabeça tinham prendido nossos amigos?

As perguntas eram muitas, mas não pudemos fazê-las. O ronco do motor de um carro, do outro lado da rua, chamou nossa atenção. O veículo fez a curva na praça, a toda velocidade, e veio para cima de nós.

Era uma caminhonete vermelha.

14.
A ASSUSTADORA SERRA DO CABEÇA

Recuamos até a calçada, de um pulo. Então uma freada súbita levantou fumaça e deixou duas largas listras negras no asfalto. O automóvel deslizou por alguns metros, de rodas travadas. E afinal parou junto do meio-fio, bem ao nosso lado.

— Desculpem. Não os tinha visto — falou o motorista, aparentando raiva.

Nós permanecemos mudos. Aquele homem era Macedo, o administrador do Grupo Aguaterra. Mas já não parecia tão simpático quanto da primeira vez em que o vimos.

— Estou com muita pressa — continuou ele. — Preciso resolver um problema urgente. Uns idiotas cometeram um erro, sabem?!

Ele nos encarou com a mesma expressão de ódio.

— Bem, preciso ir — disse.

E arrancou, em alta velocidade.

— Vocês viram isso? — perguntou Zeca.

— Ele é o dono da caminhonete vermelha! — afirmou Alice.

— Que cara-de-pau! — falou Jonas.

— É, mas a gente não pode perder tempo — declarei. — Vamos falar com o prefeito. A vida de Bola e Daniel deve estar por um fio.

— Não adianta se animar, João — disse Zeca. — Eu, Palito e Jonas acabamos de vir da prefeitura. Sabe o que o prefeito fez quando lhe contamos a respeito do Bicho da Noite?

— Não.

— Colocou a culpa na gente. Falou que não tínhamos nada de nos intrometer nessa história. E quando dissemos que vocês, Bola e Daniel estavam perdidos na mata, ele afirmou que a gente só tinha vindo trazer problemas para Ivituri.

— Foi. Ele disse: "Esses índios não trazem turistas para cá. Só trazem problemas. E esses amigos de vocês devem estar por aí. Sumam da minha frente!" — lembrou Palito.

— E quem falou que Bola e Palito estão na Serra do Cabeça? — perguntou Alice.

— Um morador das redondezas viu os negros capturando os dois — explicou Jonas.

— Então, vamos! — chamei.

Combinamos que Palito, o mais machucado de nós, retornaria à pousada. Lá, tranqüilizaria Eduardo Dantas e inventaria qualquer desculpa para nossa ausência. Caso não chegássemos até meia-noite, ele deveria contar a verdade ao professor e providenciar para que a polícia fosse à nossa procura. Se os policiais não acreditassem nem mesmo no professor Eduardo, então seria necessário ligar para a capital, para nossas famílias, para os jornais, enfim, fazer um grande alarde até que alguém se convencesse a nos resgatar.

— Tudo bem — concordou Palito, abraçando-nos. — E boa sorte!

Em seguida, acertamos com quatro moto-taxistas de nos levarem até a Serra do Cabeça. Foi difícil fazê-los aceitar o serviço. Após muita insistência, conseguimos ao menos que nos conduzissem até o sopé da serra. Ainda assim, só deram partida em suas motos depois de se benzerem.

Ao fim de dez minutos, chegamos ao nosso destino. A Serra do Cabeça era um enorme monte, mergulhado na escuridão. Apenas seu topo estava iluminado por fogueiras. E o som estrondoso de tambores africanos e vozes em coro reboava por toda parte, indicando que o povo do quilombo participava de um ritual.

— Daniel e Bola devem estar dentro de um caldeirão — falou Jonas, ao ouvir o batuque e a ladainha.

Começamos a galgar a serra através de uma passagem natural, entre rochas. Deixando-a para trás, topamos com uma via estreita, que ladeava a encosta. O caminho havia sido modificado pelas mãos dos homens, de maneira a torná-lo menos doloroso. Mesmo assim, era preciso espremer as costas na parede de pedra e arrastar os pés, centímetro a centímetro. Um cálculo errado nos precipitaria no abismo.

— Evitem olhar para baixo — aconselhou Alice.

Aos poucos, as luzes de Ivituri surgiam abaixo de nós. Víamos o cume de alguns montes e a mata escura se estender até a linha do horizonte. Parecíamos flutuar. Porém, rastejávamos. O suor lavava nossos corpos. As mãos se agarravam com força às saliências das pedras, que furavam e arranhavam nossos dedos. O perigo de cair nos acompanhou durante todo o trajeto. Até que, afinal, alcançamos o alto da serra.

Ali, nos sentamos para descansar. O som dos tambores e do canto tornou-se ensurdecedor.

— Vamos! — chamou Zeca, que não parecia tão perturbado pelo esforço que tínhamos realizado.

— Vamos — disse também Jonas, cuja disposição superava o cansaço físico.

Caminhamos alguns metros sobre o solo irregular. Ao longe, avistamos uma série de cabanas de barro e palha. Eram todas parecidas, variando apenas de tamanho. Na verdade, estávamos diante de algo semelhante a uma favela.

De onde estávamos, divisamos hortas e pomares,

que ocupavam as poucas terras disponíveis. As plantações ganhavam as encostas dos morros vizinhos. Havia também cercados onde se criavam vacas, cabras e porcos.

Avançamos com cautela e alcançamos os barracos. Cortamos por entre eles, mantendo o mesmo passo cuidadoso. Não encontramos ninguém, nem mesmo em seus arredores. Mantivemos o rumo. E quanto mais nitidamente escutávamos as palavras cantadas, mais rápido nosso coração batia.

Olhei para Alice. Ela estava pálida. Aquele suspense também me afligia. Porém, não queríamos nos precipitar. Tomávamos a precaução de nos abaixar e espiar para todos os lados. Estudávamos cada novo movimento antes de prosseguir. Até que uma voz grossa e firme nos parou:

— O que vocês estão fazendo aqui?!

A frase soou por sobre nossos ombros. Senti um arrepio.

— O que vocês estão fazendo aqui?! — repetiu o homem.

Ele era magro, estava sem camisa, descalço, usava uma calça branca de capoeira, argolas douradas nas orelhas e nos apontava uma lança comprida.

— Nós... nós... — gaguejei.

Outros homens armados de lança surgiram e se

aproximaram para nos cercar. O dos brincos de argola disse:

— Vocês estão perdidos!

15.
O JULGAMENTO

Antes que pudessem chegar muito perto, disparamos no sentido oposto.

— Pega! Pega! — gritavam eles, nos perseguindo.

Alice e eu nos perdemos de Jonas e Zeca. A certa altura, encurralados, entramos num barraco. Os cânticos haviam cessado e mais gente se unia para nos procurar. Ouvíamos as vozes e passos dos moradores. Então nos encostamos num canto e permanecemos imóveis, na esperança de que não nos vissem.

A habitação era iluminada por um candeeiro. Em seu único cômodo, havia uma mesa e uma estante de madeira, com diversos objetos expostos. Eram vasos de prata, pratos de porcelana, cachimbos de barro, dois livros desencapados, um canhão, armas, arcos, flechas e punhais antigos, alguns quebrados. Nas paredes, figuravam quadros sem moldura. Do teto pendia uma plaqueta escrita em português errado: "Museo da Resistença".

A referência a um museu me fez arregalar os olhos. Desde o princípio achei que conhecia aquelas peças de algum lugar. Em segundos, me lembrei de uma visita que Alice e eu fizéramos ao Museu do Estado, no Recife, onde havia acervo parecido. Estávamos diante de objetos da época colonial.

— Essas telas são do século XVIII — sussurrou Alice, referindo-se aos quadros.

Ouvi sua informação e imediatamente lembrei-me de que os negros da Serra do Cabeça haviam vencido os bandeirantes nos anos de 1700. Compreendi, então, por que chamavam aquele lugar de Museu da Resistência. Guardavam ali utensílios que ficaram da guerra contra os brancos, mais de dois séculos atrás.

— Peguem eles! Vamos!

A gritaria e a busca, do lado de fora, continuavam. Nós permanecíamos encolhidos. Ainda assim, meus olhos não paravam de vasculhar os objetos. Curioso, estendi o braço e apanhei os livros da estante. Sem querer, porém, esbarrei em minha namorada e os volumes amarelados caíram no chão.

— Que barulho foi esse? — escutamos.

Ficamos imóveis. Prendemos a respiração.

— Revistem as casas!

Deitei os olhos sobre um dos livros e vi que se tratava de uma bíblia publicada em Lisboa, no ano de 1702. Lia o título da segunda obra, quando fomos surpreendidos:

— Eles estão aqui! — disse uma mulher, enfiando a cabeça pelo vão da porta.

Não demorou até que fôssemos pegos e empurrados até onde estavam presos Jonas, Zeca, Daniel e Bola. Fomos amarrados. Homens, mulheres, velhos e crianças se reuniam ao nosso redor. Os homens usavam calças brancas de capoeira. Alguns velhos vestiam mantos. As mulheres cobriam os corpos com vestidos e turbantes de tecido colorido.

Um senhor de cajado fez um sinal e todos se sentaram. Em seguida, ele avançou em nossa direção e demorou longo tempo encarando cada um de nós. Por fim, voltou-se para o público e disse, gemendo de raiva:

— Eis aí os malditos invasores! Merecem um castigo!

O senhor andou de um lado a outro, apoiando-se no cajado. Ao fundo, víamos os instrumentos de percussão usados até pouco tempo antes. Um silêncio percorreu a platéia, que parecia apreensiva. Então o chefe continuou, olhando para nós:

— Essa terra é nossa! Nossos antepassados derrotaram vocês, brancos! E agora querem de novo nos roubar? Merecem um castigo!

O chefe deu alguns passos. Eu queria dizer que não estávamos ali para invadir as terras deles. Tudo não passava de um mal-entendido. Na verdade, Bola e Daniel subiram a serra sem querer, ao fugirem do Bicho da Noite, no escuro.

Desejava falar que respeitávamos a luta dos negros.

Que nosso professor, Antônio, nos falara de como haviam sido injustiçados e de como fugiram, bravamente, das plantações de açúcar, para construírem quilombos, na época da escravidão. Que conhecia a história do Quilombo dos Palmares, de sua luta aguerrida contra os brancos, e que achava Zumbi um verdadeiro herói. Mas não sabia se era permitido abrir a boca.

— Vocês não compreendem o sofrimento da escravidão! — continuou o chefe. — Vocês não têm idéia do que é perder mãe, pai, filhos e mulher, vê-los chicoteados e humilhados, ser tratado como bicho! O mundo aí fora não nos interessa. Hoje os índios são mais respeitados que nós. Têm até um grupo para defendê-los. Mas um dia lutaram ao lado dos bandeirantes. Por isso, são nossos inimigos. E também merecem castigo.

Estávamos gelados. O discurso sombrio carregava muita mágoa. Durante uma pausa, no entanto, um jovem se levantou da platéia, pedindo a palavra. O senhor assentiu com um gesto e o rapaz, então, disse:

— Chefe Azi, eu gostaria de falar algo.

O senhor tornou a consentir e o jovem foi adiante:

— Todos aqui temos muito orgulho de pertencer ao quilombo da Serra do Cabeça. Temos orgulho da cor de nossa pele. Sabemos o quanto sofremos e do heroísmo de nossos antepassados. Mas sabemos também, chefe, que esses meninos brancos não tiveram a intenção de

invadir nossas terras. Acho que são meninos bons e estão assustados. Chegaram a nós por curiosidade, ou talvez tenham se perdido, como afirmam. Por que tratá-los com tanta violência e provocar tanto medo?

Assim que o rapaz terminou de falar, seis ou sete jovens da platéia se levantaram furiosos, acusando-o de covardia e defendendo o chefe. Percebi que eles tinham sido os primeiros a nos perseguir. Eram os únicos armados na multidão.

Uma adolescente levantou o braço. O chefe concedeu-lhe a palavra.

— Chefe Azi, com todo respeito, eu e outros de minha idade concordamos com o que Calu acabou de dizer. Nossa história é bonita. Mas precisamos olhar para o futuro. Acho que é o momento de tentar viver em harmonia com os brancos. Conservando nossa cultura, claro. Mas participando do que têm de bom para oferecer, como energia elétrica, livros, remédios e outras coisas que poderiam melhorar nossas vidas.

A fala da moça foi interrompida por nova gritaria dos inconformados. Logo a platéia se dividiu em dois partidos: um a favor e outro contra o que acabava de ser dito. Os ânimos só se aquietaram quando Azi ergueu seu cajado, pedindo ordem.

Uma mulher de uns quarenta anos ficou de pé. Ela estava trêmula e tinha os olhos cheios de lágrimas.

— Amado Azi — falou —, eu vejo que o isolamento em que nós vivemos tem trazido muita dor. Há anos perdi meu filho Malugu para a cidade. Ele queria conhecer o mundo, ver coisas diferentes, aprender a ler e escrever. Outros jovens daqui têm esse mesmo desejo e sofrem. Não podemos perder a memória de nosso povo. Mas os tempos de guerra passaram. Esses meninos brancos não têm culpa...

Ela não conseguiu mais falar. O homem de brincos de argola e seus companheiros puxaram um coro, enfurecidos:

— Morte aos invasores!

Mais uma vez, Azi ergueu o braço e o alarido cessou. Em seguida, disse:

— Vamos decidir o que fazer numa reunião do conselho.

Em seguida, dirigiu-se a uma palhoça, aonde o acompanharam mais sete velhos. Nossas vidas dependiam do que fosse decretado na reunião.

Ao ar livre, as pessoas permaneciam em silêncio, observando-nos. Tampouco nós falamos. O nervosismo era grande. Meus amigos tinham expressão de medo nos rostos.

A luz da lua e de tochas alumiava o topo da serra. O céu estava claro e cintilava, com as estrelas muito próximas umas das outras. Na capital não víamos um céu como aquele, pensei. Alice encostou a cabeça em meu ombro. Eu beijei seu cabelo.

Quando o conselho deixou a palhoça, senti uma pontada no peito. Os velhos retomaram seus lugares na platéia. Azi seguiu em seu passo lento até nós. Um murmúrio percorreu a multidão. Vi alguns rostos sorrirem para nos inspirar confiança. Outros abanavam a cabeça, como se estivéssemos perdidos.

— Bem — declarou Azi —, vou ser breve. Uma decisão do conselho deve ser cumprida. E o conselho decidiu que esses meninos desapareçam...

O burburinho cresceu entre o povo. Alguns soltaram vivas. Outros tornaram a entoar um coro:

— Morte!

Iniciaram-se toques de berimbau, tambores e atabaques. Mulheres puseram-se a dançar.

Azi levantou o braço, interrompendo a manifestação.

— Silêncio. Cumpra-se agora o que o conselho ordena. Que esses meninos desapareçam de uma vez por todas... Desapareçam da Serra do Cabeça e não voltem mais. Podem soltá-los.

— Ahn?

Bola se virou para mim com a expressão de alguém que acaba de ressuscitar. Alice endireitou a cabeça, Daniel arregalou os olhos, Zeca suspirou e Jonas soltou um berro. Estávamos atônitos. E só acreditamos em nossa libertação quando desataram os nós das cordas.

Os jovens que nos defenderam se aproximaram. Seus opositores se dispersaram. A multidão, aos poucos, se dirigiu para suas casas. Azi se recolheu à palhoça com os outros membros do conselho. Algumas pessoas vieram nos cumprimentar.

— Obrigado. Muito obrigado pelo que vocês fizeram — agradeci, ao rapaz e à moça que falaram em nossa defesa.

Eles sorriram:

— Não há de quê.

Em seguida, nos guiaram até a descida da serra. Deram-nos um mapa para nos orientar no retorno à cidade, lanças para defesa e tochas para iluminar o caminho. Agradecemos mais uma vez e nos distanciamos. Porém, logo ouvimos um chamado:

— Meninos!

Era a mãe de Malugu, que descia em nossa direção. Muito emocionada, ela pediu:

— Por favor, digam a meu filho que eu o amo muito.

E retornou apressada, para esconder o choro. Após lhe assegurar que daríamos o recado, retomamos o passo.

Após cerca de quarenta minutos de andada sobre pedra e solo seco, encontramos o asfalto da praça central de Ivituri. Ali, soubemos que mais dois índios haviam sido atacados durante a noite. Sônia e seu grupo protestavam em frente à prefeitura.

— Os índios estão em estado grave — contou nossa amiga, segurando minha mão de um jeito que desagradou a Alice. — Talvez não sobrevivam.

Depois de nos inteirarmos da triste notícia, seguimos para a pousada. Era quase meia-noite e tínhamos combinado com Palito que esperasse até aquela hora, antes de mandar a polícia em nossa busca.

Assim, um minuto antes das doze, pusemos os pés na escada da pousada. Antes de alcançarmos o saguão, Palito já vinha correndo para nos receber.

— Pessoal...

Seus olhos estavam esbugalhados e ele tremia dos pés à cabeça, segurando um papel.

— Pessoal... pessoal... — repetia.

— Que foi, Palito? — perguntou Bola.

— O... o...

Então Jonas perdeu a paciência e o balançou pelos ombros:

— Que foi, Palito?! Fala logo!

Aquela reação o fez cair em si. E ele disse, bem baixinho:

— Seqüestraram o professor!

16.
UM ESBOÇO DE PLANO

Depois de trancar a porta do quarto onde nos reunimos, Palito finalmente mostrou o papel que trazia nas mãos e que continha a seguinte mensagem: "Se vocês não deixarem a cidade amanhã, até o meio-dia, seu professor estará morto". As letras haviam sido recortadas de uma revista e coladas para formar a frase.

— Como é que você recebeu isso, Palito? — perguntou Alice.

— Quando voltei à pousada, achei o papel sobre a cama do professor.

— E seu Jairo? — perguntei.

— Disse que não viu ninguém entrar aqui.

— E cadê seu Zito? — falou Zeca.

— No quarto dele. Está dormindo desde que cheguei.

A ocorrência de tantos fatos, em tão pouco tempo, nos deixava confusos. Mas não podíamos perder a concentração.

— Vamos ter calma. A gente tem boas informações — falei. — Por exemplo: a caminhonete vermelha com que tentaram nos matar... Tudo indica que pertence a Macedo.

— Os capangas do coronel Zacarias carregavam um embrulho suspeito sobre a garupa do cavalo. Talvez seja o corpo de um homem — afirmou Alice.

— Também vimos a raiva que alguns da Serra do Cabeça têm contra os índios — lembrei.

— E o próprio Bicho da Noite — advertiu Palito.

— Pois é. Por conta dele, acabamos sem encontrar o desconhecido do *e-mail* — lamentou Zeca.

— Quem será esse estranho? — perguntou Jonas.

— Não deve ser índio. Os Kicatis não falam tupi — comentei.

— Uma coisa é certa: seja quem for, usou um computador e a Internet. E o único lugar de Ivituri com acesso à Rede é a sede do Grupo Aguaterra — lembrou Bola.

— Não. A prefeitura também está conectada à *Web* — contestou Palito.

— Então, são dois lugares apenas — corrigiu Zeca.

— Ele pode ser um empregado da prefeitura ou do Grupo — sugeri.

— E por que escreveu em código? — perguntou Jonas.

— Muitas firmas rastreiam os *e-mails* de seus funcionários. A pessoa pode ter ficado com medo de que a mensagem fosse lida — explicou Bola.

— E por que usou o tupi? — questionei.

— Tudo isso é uma confusão! — confessou Daniel.

— E agora essa ameaça! Quem garante que soltarão o professor? — disse Zeca.

— Coitado! — exclamou Alice.

Após aquelas palavras, fizemos silêncio. O mutismo durou longo tempo. Até que o rosto de Palito se iluminou:

— Eu tenho uma idéia.

Bola levantou-se:

— Pronto! Esse daí tendo idéias... é mesmo um sinal de que nosso fim está próximo!

Após uma longa disputa entre eles, Palito contou seu plano. Só o fez porque Jonas interrompeu a discussão com um berro:

— Calem a boca, animais!

Eles obedeceram. E à medida que escutávamos Palito, íamos percebendo que sua idéia era excelente. A partir dela, desenvolvemos uma verdadeira estratégia, que passamos a noite aperfeiçoando, trabalhando em seus mínimos detalhes. Afinal, era preciso cuidado. Arriscaríamos tudo naquela missão. Seria nossa última chance de vitória contra os criminosos de Ivituri.

17.
UM PLANO

Pela manhã, iniciamos os preparativos para a batalha decisiva. Antes das quatro horas, estávamos todos de pé, malas prontas. Descemos até o saguão da pousada e pagamos o devido pelas refeições e pela hospedagem. Seu Jairo estranhou nossa partida repentina e perguntou:

— Já vão? A esta hora?

Inventamos a notícia de que minha avó estava hospitalizada.

— Que pena! Desejo melhoras a ela... E venham outras vezes, meninos. Será um prazer recebê-los.

Após as despedidas, subimos na *van*, que seu Zito tinha acabado de buscar na oficina mesmo com o serviço incompleto. Lentamente, o carro atravessou as ruas de paralelepípedo da cidade, cortou a praça e deixou as casinhas simples para trás. O céu permanecia escuro, as últimas estrelas ainda faiscavam antes do amanhecer.

Àquela hora, o sertão ficava gelado, contrastando com o intenso calor que durante o dia rachava a terra e fazia evaporar a água dos rios. Descemos o "cerro frio" e alcançamos a planície. A estradinha de barro estava deserta.

— Pare aqui, seu Zito! — disse eu, de repente, numa curva coberta pelo mato.

O tio de Wilson pisou no freio com toda força e se virou, assustado:

— O que houve, João?

Tanto quanto seu Jairo, ele acreditara na história da doença de vovó. Achamos melhor não lhe contar a verdade, porque a farsa soaria mais convincente. E foi com a falsa notícia que o acordamos, às três horas da madrugada, dizendo ainda que o professor Eduardo ficaria na cidade por mais alguns dias. Agora seria preciso revelar nosso plano a ele também.

— Seu Zito, nós vamos descer aqui — expliquei.

— Como?

— Nós precisamos resolver alguns problemas na cidade antes de partir.

— E sua avó?

— Vovó não está doente. A verdade é que alguém está querendo que a gente deixe a cidade. E nós precisamos descobrir quem é essa pessoa.

Ele coçou a cabeça e perguntou:

— Vocês se meteram em alguma coisa errada, João?

— Não, seu Zito. Pelo contrário. Tem alguma coisa

errada acontecendo em Ivituri. E é isso o que a gente quer entender.

— Olhe, porque se vocês se meteram em confusão, eu posso ajudar...

— Ótimo. Estamos mesmo precisando de sua ajuda para nosso plano dar certo.

— Plano? Por acaso isso tem a ver com os ataques aos índios, João?

— Sim. Temos um plano para pegar os bandidos que perseguem os Kicatis.

— Não é perigoso, João?

— Não. Tudo vai dar certo.

— Então me digam o que eu tenho que fazer.

Em poucos minutos, repassamos nossa estratégia. Daquela vez, contando com a participação de seu Zito.

Havíamos combinado que nos dividiríamos em grupos. Zeca e Jonas ficariam responsáveis por vigiar a fazenda do coronel Zacarias. Escondidos nas moitas e usando binóculos, acompanhariam os passos de seus capangas e toda movimentação estranha dos empregados.

Bola e Palito se dirigiriam às terras do Grupo Aguaterra. Penetrando pelos fundos das plantações, tentariam entrar em contato com os trabalhadores e visitar as instalações destinadas a sua moradia e estudo.

Daniel, nosso perito em eletrônica, escolheria um lugar seguro para interceptar as linhas telefônicas do gabinete do prefeito e da sala de Macedo no Grupo Aguaterra. Dessa maneira, talvez descobríssemos uma conversa que os ligasse aos crimes.

Seu Zito retornaria de carro até as proximidades da Serra do Cabeça. Assim, vigiaria o movimento de subida e descida dos moradores do quilombo. Ao mesmo tempo, não seria visto pela população de Ivituri, a qual pensaria que nós havíamos realmente deixado a cidade.

Quanto a mim e Alice, nós nos internaríamos na mata, seguindo a estrada que levava à Pedra da Fumaça até o ponto conhecido como Grotão das Almas. Segundo os Kicatis, era ali que o Bicho da Noite morava. E, de acordo com o mapa, fora justamente nesse lugar que nos encontráramos com o monstro de olhos vermelhos.

— Muito bem. Alguma pergunta? — falei, depois de tudo devidamente acertado.

Palito levantou o braço.

— Diga, Palito: qual é a dúvida? — indaguei.

E ele:

— Se eu morrer, você reza por mim?

— Eita cabra frouxo! — reagiu Jonas.

Alice tomou a palavra, sorrindo:

— Vamos. Já é tarde.

Todos se abraçaram e, com mapas nos bolsos, nos pusemos a caminho.

— Não se esqueçam — reforçou Alice, virando-se

após alguns passos. — A *van* é nosso ponto de encontro. Se até as duas horas da tarde não estivermos todos lá, seu Zito partirá para a cidade mais próxima e entrará em contato com a polícia.

Os demais balançaram a cabeça, confirmando a informação. E logo nos separamos.

18.
PONDO O PLANO EM PRÁTICA

Alice e eu tivemos dificuldade para galgar o cerro e alcançar a reserva dos Kicatis. Evitávamos os caminhos mais percorridos e nos embrenhávamos na vegetação áspera. Não podíamos passar pelo centro da cidade, o que encurtaria bastante o percurso.

Mais de uma vez, nos vimos diante de escolhas difíceis. Quando a trilha que seguíamos se abria numa bifurcação, precisávamos tirar a sorte para decidir que rumo tomar. Ou então, acontecia de uma estradinha ser interrompida de repente.

Nesses casos, a solução era retornar e refazer o trajeto por outra via. Um simples erro poderia nos jogar no meio da mata, onde de nada adiantariam mapas e onde não haveria placas ou marcos de sinalização.

Para evitar esse perigo, mantínhamos sempre os olhos voltados para a estrada de barro, que varava a mata. Ela nos serviria de guia até o Grotão das Almas. E quando passávamos muito tempo sem vê-la, subíamos em árvores para nos certificar de sua presença.

Ainda assim, apesar de toda a cautela, acabamos

caindo nas armadilhas da natureza e nos desviamos de nosso destino. A certa altura, já não conseguíamos divisar a estrada. Havíamos nos precipitado em algum ponto e agora estávamos perdidos.

— Vamos voltar — sugeriu Alice.

— Por onde? Eu não lembro mais o caminho.

— E agora?

— Quero encontrar um árvore alta, de onde a gente tenha uma visão melhor.

— Entendo. Mas espera aí.

Alice tirou a faixa que prendia seus cabelos, rasgou-a em três pedaços e amarrou uma das tiras no caule de uma planta.

— Você acha que a planta vai ficar mais bonita assim? — perguntei, brincando.

— Não, bobo — respondeu ela. — Isso vai servir de sinalização para nós mesmos. Se por acaso a gente passar por aqui novamente, vai saber que já esteve nesse lugar.

— Como na lenda do Minotauro.

— Exato.

Dito aquilo, voltamos a andar. E à medida que caminhávamos, Alice amarrava pedaços da faixa de cabelo em arbustos. Quando não havia mais tiras, usou pulseiras, colares, ligas, lenços e nossas próprias meias para fazer as marcações.

Eu pensava na lenda do Minotauro. Alice mesma me contara a história, que lera num livro de mitologia grega e numa aventura do *Sítio do Pica-Pau Amarelo*, de Monteiro Lobato.

Conta-se que o Minotauro era um ser horrendo, com corpo de homem e cabeça de touro. O monstro morava no interior de um labirinto, de onde era impossível escapar. Mas para enfrentá-lo, o herói grego Teseu resolveu entrar na perigosa morada.

Para não se perder como tantos outros, Teseu se valeu de uma estratégia: carregou consigo um novelo de linha. Amarrou a ponta do novelo à entrada do labirinto e seguiu até o Minotauro. Então, após vencer o bicho numa luta memorável, teve apenas de percorrer o mesmo caminho da linha esticada no chão para encontrar a saída.

A comparação com nossa situação na mata era perfeita. Estávamos num lugar de acesso tão difícil quanto um labirinto. E entramos ali para enfrentar um monstro tão terrível quanto o Minotauro. Além disso, o Bicho da Noite também fazia parte das lendas de um povo, os Kicatis.

— Aqui — disse eu, parando diante de uma árvore altíssima.

Àquela altura, o sol já havia nascido. Eram cinco e meia da manhã. Os passarinhos cantavam. A mata estava dourada e a claridade ampliara nosso campo de visão.

— Me dá um calço — pediu Alice.

Escalamos a árvore e, afinal, descobrimos parte da estrada, que subia pelo nosso lado esquerdo, não muito longe.

— Vamos — chamou Alice.

Voltamos ao chão e refizemos o percurso. Seguindo uma trilha alternativa, avançamos até a margem da estrada. Porém, seria impossível acompanhá-la tão de perto o tempo todo. E novamente fomos levados a adentrar a mata. Passados alguns exaustivos minutos, acabamos saindo da rota outra vez.

— Não vamos chegar nunca! — esbravejei.

Ninguém pode imaginar o quanto estávamos cansados. Desde a véspera não parávamos de andar, correr, fugir, nos machucar. Não tivemos tempo para dormir, não recuperamos a energia gasta, nos alimentamos mal. Além do esforço físico, havia a preocupação, o medo, o nervosismo. E pesava sobre nós a ameaça à vida do professor. Eu estava prestes a ter um colapso. Mas Alice me confortou:

— Calma, João. Estamos perto.

Ela se baseava no mapa para dizer que, a qualquer instante, poderíamos topar com o Grotão das Almas.

— Vê aquele monte? — disse, apontando para um cume de pedra, muito acima da linha das árvores. — É a Pedra da Fumaça. E o Grotão fica próximo dela.

— Sim, mas onde se meteu a estrada? — perguntei, irritado.

— Vamos procurá-la.

O entusiasmo de Alice me deu novo ânimo. Tornamos a encontrar uma árvore, a escalá-la, a detectar a estrada e alcançar sua margem. Dali até a Pedra da Fumaça, o caminho não apresentou surpresas.

— O lugar é por aqui — afirmou Alice, quando chegamos. — Não existe uma trilha que leve até o Grotão das Almas. Afinal, fica dentro do território dos índios e é proibida a entrada sem autorização. Vamos entrar na mata e ver o que acontece.

Fizemos como ela sugeriu. Pouco depois, esbarramos com uma instalação de ferro, camuflada sob redes de pesca, arbustos, folhas secas e capim, entre duas árvores.

— O que é isso? — espantei-me.

— Parece um espantalho — estranhou Alice.

Nós nos aproximamos da aparelhagem semi-encoberta e percebemos tratar-se de caixas de som de, aproximadamente, três metros, encimadas por potentes holofotes de luz vermelha. O conjunto, fundido numa moldura de ferro, ficava sobre um trilho, de maneira que podia movimentar-se.

— Eis aí nosso Bicho da Noite! — falei.

— Impressionante — concordou Alice.

Ao lado do "monstro", encontramos vários chicotes que, manuseados por homens, no escuro, passavam por línguas afiadas. Também nos deparamos com os cabos de eletricidade que alimentavam a máquina.

— Você está pensando o mesmo que eu? — perguntou Alice.

— É só seguirmos esses cabos e encontraremos os bandidos!

Os condutores de energia se estendiam mata adentro. Em algumas partes, eram alçados ao topo de postes ou suspensos em galhos. Em outras, sumiam sob a folhagem ou espremiam-se entre pedras. Após acompanhá-los durante intermináveis minutos, chegamos enfim a uma vasta clareira.

— João! — exclamou Alice.

— Meu Deus!

No centro da clareira abria-se um túnel. Uma meia dúzia de homens e mulheres subiam e desciam suas escadas, carregando caixas de papelão, plantas em vasos, pedaços de madeira e potes de vidro. Descarregavam uma caminhonete vermelha, estacionada ao lado.

Agachados atrás de arbustos, observávamos o movimento, tentando compreender o que significava. Então ouvimos passos. Deitamos no solo e permanecemos imóveis. Mas era tarde, já havíamos s do vistos.

19.
CARA A CARA COM O INIMIGO

Quatro homens nos agarraram pelos braços. Alice e eu gritávamos, mas ninguém nos ouviria. Estávamos distantes de qualquer local povoado.

Fomos empurrados para o centro da clareira e nos obrigaram a descer as escadas do túnel. Então nos deparamos com um corredor extenso, refrigerado, iluminado e limpo, como os da sede do Grupo Aguaterra. À medida que avançávamos, víamos gente trabalhando em salas semelhantes a laboratórios químicos.

Em cada um daqueles lugares, equipes atarefadas lidavam com aparelhos, máquinas e computadores sofisticados. Percebemos tubos de ensaio e outros recipientes, contendo líquidos, gases e pós de cores variadas. Havia plantas, madeira e animais enjaulados por toda parte.

— Venham! — disse um dos homens, me puxando pela gola da camisa.

Saímos do corredor central e pegamos um dos inúmeros outros que o cortavam. Aquilo que pensávamos ser um simples túnel, na realidade se mostrava amplo como as acomodações de uma empresa. Fomos levados até uma porta onde uma plaqueta de plástico informava: "Presidência".

— Entrem aí! — tornou a dizer o homem, jogando-nos para dentro da sala e fechando a porta com estrondo.

A cadeira do presidente da organização ficava atrás de uma mesa ampla, atulhada de pastas, documentos e objetos decorativos. As paredes do escritório tinham reproduções de quadros de pintores famosos. As janelas eram protegidas por persianas. As estantes continham livros e papel. Um cofre e um arquivo de metal, além de duas outras cadeiras e uma poltrona vermelha, completavam o mobiliário.

Nada ali denunciava qualquer fim maldoso. O ambiente se mantinha fiel ao de qualquer sala de administração, seja de um colégio, de uma fábrica ou de uma firma prestadora de serviços. No teto, havia câmeras de vídeo, que nos espionavam, e monitores, que mostravam a movimentação dos empregados em outras salas.

Como os ataques aos índios se relacionavam com aquele laboratório espetacular construído no meio da mata? Onde estaria o professor Eduardo? O que pretendiam fazer conosco? Quem estaria por trás daquilo tudo?

— Nada faz sentido, João — afirmou Alice.

— Deve haver uma resposta — falei.

A resposta surgiu cerca de vinte minutos após esse

diálogo. Foi quando a porta da sala se abriu e entrou uma pessoa que nos cumprimentou, alegremente:

— Como vão, meninos?

Ela acomodou-se na cadeira da presidência.

— Sentem-se, por favor — disse, ainda sorrindo e indicando as duas cadeiras que ficavam diante de sua mesa. — Sei que devem estar cansados.

Não conseguíamos acreditar no que nossos olhos viam. Sentamo-nos, abobados.

Ela então pegou um copinho descartável de uma gaveta e o encheu com o conteúdo de uma garrafa térmica. Sentimos o cheiro de café e acompanhamos a fumaça que se desprendia do líquido quente.

— Aceitam? — perguntou-nos.

Mas não recebeu resposta. Em seguida, levou o copinho à boca e passou a sorver a bebida em pequenos goles.

Era Sônia.

20.
CONDENADOS

Após tomar seu café, Sônia nos fitou muito séria, abanando a cabeça:

— Por que vocês foram se meter nisso?

Nada dissemos.

— Hein? — insistiu. — Não tínhamos dito a vocês para deixarem a cidade? Não afirmamos que soltaríamos o maldito professor de vocês? Que diabo vocês vieram fazer aqui em Ivituri, afinal? Por que vieram bisbilhotar nossos negócios?

— Sônia, eu... nós... — tentei.

Ela interrompeu:

— Vocês não estão entendendo nada?

— Não... — confirmei.

— E nem era para entender! Vocês não têm nada a ver com nosso projeto. Isso aqui é coisa de adultos!

Ela estava furiosa, mal conseguia nos encarar.

— O que está acontecendo aqui, Sônia? O que é a Defesa Verde? Para quem vocês trabalham? — perguntou Alice.

Sônia voltou os olhos para ela com desprezo. Alice prosseguiu:

— São vocês que estão atacando os índios, não é? Dizem que defendem os Kicatis, mas os estão assustando com essa história de Bicho da Noite, não é verdade?

— Os Kicatis sempre acreditaram no Bicho da Noite — respondeu Sônia.

— E vocês usaram a lenda para afastá-los da Grota das Almas, onde construíram esse laboratório, certo? — concluí.

— Certo. Eles não entenderiam o que estamos fazendo aqui — voltou a responder.

— E o que é que vocês estão fazendo aqui?! — perguntou Alice, vermelha de raiva.

— Calma, mocinha — reagiu Sônia. — Eu não tenho que lhe dar explicações. Vocês é que estão numa bruta enrascada.

— Eu bem sabia que havia alguma coisa errada com essa mulher, João! — falou Alice.

Balancei a cabeça, concordando. Lembrei-me de que tratara as suspeitas de Alice como ciúme. Eu e todo o Clube. Deveria ter aprendido a confiar nos instintos de minha namorada.

— Se você quer mesmo saber o porquê da construção desse laboratório, mocinha, posso lhe contar. Afinal, vocês não sairão de Ivituri vivos — ameaçou Sônia, enchendo outro copinho de café. E continuou: — Trabalhamos para uma empresa de cosméticos sediada na Holanda. Há seis anos uma filial da companhia foi instalada no Brasil. A intenção era pesquisar novas ervas que servissem de matéria-prima para seus produtos.

Sônia deu um gole no café e foi adiante:

— Os holandeses logo descobriram que os índios brasileiros têm um conhecimento muito grande da natureza e que são capazes de extrair medicamentos, tintas e perfumes variados dela. Então decidiram fabricar produtos de beleza utilizando a prática indígena. Mas precisavam preservar sua cultura, que corre o risco de desaparecer. Aí, fundaram organizações como a Defesa Verde.

Quando ela se calou, perguntei:

— E os índios sabem o que vocês estão fazendo?

— Claro que não. Como disse, eles não entenderiam — respondeu ela.

— Não entenderiam que vocês estão roubando o saber deles, usando suas terras, vendendo os produtos que eles mesmos criaram como se fossem seus! — revoltou-se Alice.

— Eu não chamaria isso de roubo — afirmou Sônia. — O conhecimento está disponível e os Kicatis o estão perdendo. Vocês viram os trabalhadores pobres nas plantações: não sabem mais viver na mata. Na verdade, estamos evitando que isso aconteça, fazendo que retornem ao velho modo de vida, defendendo-os dos plantadores de uva e dos coronéis.

— Claro — exclamou Alice. — Isso é do interesse de vocês. Se os índios perderem a cultura, vocês não poderão explorar seu conhecimento.

— Ora, o mundo é dos mais espertos, querida — retrucou Sônia. — Além do mais, o que eles fariam com o dinheiro que a gente, por acaso, pagasse pela exploração de suas terras e de sua experiência? Os Kicatis são ignorantes e ingênuos. Não têm ambição nem desejo de lucrar.

Era inacreditável o que ouvíamos. Em resumo, aquela empresa agia como os portugueses ao chegarem ao Brasil. Enganavam os índios, exploravam sua boa-fé e levavam toda a riqueza deles.

O professor Antônio nos contara como o pau-brasil fora arrancado do nosso litoral e levado à Europa, para servir de tinta, para pintar os tecidos europeus. Agora, esses holandeses roubavam não só plantas nativas, mas o processo de transformá-las em remédios e cosméticos. E do mesmo modo, enganavam os Kicatis, fazendo-se de amigos.

— Vocês não vão se dar bem com essa história! — afirmou Alice.

— Nós já estamos nos dando bem — riu Sônia. — No ano passado, enviamos milhões de dólares de lucro à Europa. A cada dia cresce o número de organizações, ligadas aos índios, sob nosso controle. Grande parte da flora e da fauna do Brasil está sendo patenteada por nossas empresas.

Enquanto Alice e Sônia discutiam, consultei o relógio. Era uma hora da tarde. O Clube não daria por nossa falta senão às duas, conforme havíamos combinado. Ao que tudo indicava, Alice e eu não duraríamos tanto. Por isso, comecei a pensar numa forma de escapar.

Olhei para os monitores no teto e percebi que estavam numerados. Havia dezesseis deles e a cada um correspondia uma sala ou laboratório. Passeando os olhos de um a outro, enquanto meditava na fuga, acabei avistando uma figura conhecida. Apertei os olhos para me lembrar de onde conhecia aquele rosto.

Tratava-se de um adolescente negro de olhar triste. "Malugu", pensei. Era o garoto que fugira da Serra do Cabeça e que trabalhava na Defesa Verde. Ele estava diante de um computador, na sala 8, e permanecia com o mesmo aspecto melancólico de quando o vira pela primeira vez. Sua mãe havia pedido que lhe disséssemos que ela o amava muito. Não teríamos mais como fazê-lo.

Cortando esse meu pensamento, Sônia gritou para o lado de fora da sala:

— Malaquias! Rafael! Eurípedes! Jorge! Venham cá!

Os quatro homens entraram.

— Peguem esses aqui, juntem ao professor e joguem os três do alto da Pedra da Fumaça — ordenou Sônia. E

13
14
15
16

depois falou para mim e Alice: — Não achava isso necessário. Mas já que vocês insistiram em nos atrapalhar... boa viagem!

Os homens nos agarraram pelos braços e nos arrastaram pelos corredores. Quatro portas adiante, estacaram e pediram a ajuda de um outro colega. Este surgiu de dentro de um recinto escuro, com um chaveiro na mão.

— Pode trazer o professor — disseram-lhe.

Minutos depois, Eduardo Dantas vinha escoltado por mais dois empregados da Defesa Verde. Fomos empurrados até o corredor central e dali seguimos em direção à saída.

— Como o senhor está, professor? — perguntei.

— Bem, João — respondeu ele, cuja roupa estava suja e rasgada. — Acho que desgostei um pouco esses moços. Mas não sei direito por quê.

O coitado do professor ainda não tinha a mínima idéia do que estava acontecendo.

— Vamos! — compeliam-nos.

Passávamos pelos laboratórios onde saqueavam a cultura dos Kicatis. Portas numeradas desfilavam ao nosso lado. A luz do dia aparecia lá na frente.

De repente, uma idéia surgiu em minha cabeça. Compreendi algo que pensava impossível. A coisa era tão óbvia que cheguei a sorrir. Meu Deus, tinha encontrado a resposta!

— Que risada é essa? Vamos! — ordenou um dos homens que me escoltavam.

Alice virou-se para mim. Acenei para ela como a dizer que esperasse. Continuávamos seguindo até o final do corredor. O número nas portas decresciam. A claridade aumentava.

Quando passamos ao lado da sala de número 8, aproveitei a desatenção de meus guardas, fiz um movimento brusco, abri a porta do laboratório e gritei com toda força:

— Já juca pirama ita amerê cuore! Naurús! Naurús! Já juca pirama ita amerê! Cuore! Naurús! Cuore! Naurús! Ita amerê!

As pessoas do laboratório me olharam assustadas. Os homens da escolta me dominaram:

— Que é isso, pirralho! Está ficando louco?!

Recebi algumas pancadas e fui trazido de volta ao corredor.

— Vamos em frente, engraçadinhos! — mandaram nossos rudes guias.

Sem mais, fomos levados à superfície. De lá, alcançamos a estrada de barro. E, a contragosto, começamos a galgar a Pedra da Fumaça.

21.
ÚLTIMOS MOMENTOS

Eu tentava retardar ao máximo nossa subida. Esforçava-me para colocar todo o peso do corpo sobre os braços de nossos carrascos. Às vezes me debatia, na tentativa de escapar de suas mãos, e levava empurrões e pontapés.

— Não adianta, garoto. É melhor você cooperar — diziam eles.

Mas a verdade é que causei um grande transtorno. Até que decidiram pedir a ajuda de um dos homens que escoltavam Alice e três deles passaram a me imobilizar, tornando qualquer reação praticamente impossível.

— Cadê aquela bravura? — ironizou um deles, após a nova configuração.

— Bota força agora! — falou outro.

— Vamos para cima que já é tarde! — disse o terceiro.

Alice também tentava se soltar, mas pela constituição franzina de seu corpo era facilmente dominada. Ainda assim, chutava canelas, unhava a pele e chegou mesmo a morder o braço de um dos brutamontes.

— Quieta, menina! — pedia seu vigia.

Já o professor Eduardo foi conduzido como uma flor.

Até hoje não sei direito se ele estava inteirado do fato de que aqueles homens pretendiam nos atirar do alto da Pedra da Fumaça. Mantinha o mesmo olhar distante e calmo de sempre, como se o tempo todo apenas contemplasse a natureza.

— Calma, meninos — disse ele a certa altura, enquanto Alice e eu lutávamos para nos livrar dos homens. — Assim vocês vão acabar se machucando.

À medida que escalávamos o monte, sentíamos o sol queimar nossas cabeças. O calor crescia com a luta corporal. Ondas de mormaço se desprendiam das rochas. O céu estava limpo, sem nuvens.

Após muito sacrifício (nosso e de nossos verdugos, pois combatíamos sem parar), finalmente alcançamos o topo da Pedra da Fumaça. Dali, podíamos ver toda a mata, o rio, outros montes e a cidade de Ivituri, ao longe. Ventava bastante. A altitude atenuou um pouco o calor.

— Venham!

— Vamos!

— Andem!

Os empregados da Defesa Verde esbravejavam, nos impelindo na direção da encosta. A superfície irregular do cume do monte nos ajudava, por dificultar o avanço. Mesmo assim, de pouco em pouco, fomos nos aproximando do precipício.

— Avante!

— Sigam!

— Não parem!

Já era possível ver o fundo do abismo, lá embaixo. A Pedra da Fumaça chegava a tal altura que as árvores pareciam pequenas formigas no chão. Senti um frio na barriga e tive vertigem.

— Vamos!

— Falta pouco!

— Agora!

Os homens nos empurravam e arrastavam. O professor estava à nossa frente, à beira do precipício. Os que o seguravam esperavam que Alice e eu também chegássemos àquele ponto. Pretendiam nos jogar todos juntos. Mas nós resistíamos.

— Sigam!

— Venham!

— Vamos!

Aproximávamo-nos do professor. Um suor gelado escorria pelo meu corpo. Alice conseguiu morder mais uma vez o braço de um dos carrascos, se libertou e correu. Com isso ganhamos algum tempo, mas o homem recuperou-se e conseguiu alcançá-la.

— Peste!

— Desgraçada!

— Agora ela vai ver!

Trouxeram minha namorada de novo para onde es-

távamos eu e o professor. Já nos equilibrávamos sobre o pequeno pedaço de terra que separava o topo do monte da queda. A encosta pedregosa apresentava saliências e obstáculos pontiagudos. Nossos corpos não resistiriam à primeira pancada.

— Pronto!

— É agora!

— Boa viagem!

Não tínhamos mais forças. Eduardo nos olhou pela primeira vez com rosto triste. Naquele instante, também me virei para Alice, numa despedida. Lembrei-me de meus avós e de Maria. Inúmeras lembranças de minha vida passaram pela minha cabeça.

— Um...

— Dois...

— Três...

— E...

Fechei os olhos. O vento alisava meu cabelo. Meu coração estava descompassado. Não fiz mais um movimento. E esperei a queda.

— Soltem os "menino" agora, seus "safado"!

A voz ecoou por trás de nós. Abri os olhos. Alice e o professor estavam a meu lado. Nossos carrascos tinham se virado, mas ainda nos seguravam.

— Soltem os "menino"! — repetiu a voz.

— "Tão" surdo, é? — perguntou outra.

Assustados, os homens tiraram as mãos de cima de nós. Então me virei e vi Zé e Antônio, os jagunços do coronel Zacarias, de revólver e espingarda em punho.

— Oi, meninos. Vocês "pode" ir agora. Nós "toma" conta desses "safado" que "queria" matar vocês — disse Zé.

— É — concordou Antônio, levantando o chapéu de cangaceiro para nos cumprimentar.

Eu não acreditava no que estava vendo. E muito menos entendia a situação. Olhei para Alice. Ela tinha a mesma expressão de espanto no rosto.

— E vocês "alevante" os "braço", cambada! — gritou Zé para os homens.

— "Alevante" — insistiu Antônio.

Confuso e feliz, dei a mão a Alice. Ela segurou o professor pelo braço e mais que depressa descemos o monte.

— Pára, João. Não consigo dar mais nem um passo — pediu Alice, quando chegamos ao solo.

Nós nos sentamos sob a sombra de uma árvore e ela disse, resfolegando:

— De onde será que surgiram os capangas do coronel?

— Não tenho a mínima idéia — respondi.

— Eu sempre achei que eles eram ótimos homens — falou o professor, balançando a cabeça.

Ninguém sabia o que dizer num momento como aquele. Estávamos eufóricos, amedrontados, aliviados e agitados.

— Vamos sair daqui — disse eu, querendo me afastar depressa do lugar.

— Vamos — concordaram os dois.

Começamos a andar pela estrada, de volta à cidade. Algo nos dizia que só estaríamos seguros lá. E estávamos certos em pensar assim. Porque logo percebemos que não havíamos nos livrado do perigo.

Não tínhamos avançado cinqüenta metros quando notamos que alguns empregados da Defesa Verde saíam da mata e vinham ao nosso encontro.

— E agora? — perguntou Alice.

Os homens se espalhavam na estrada para evitar nossa fuga.

— Puxa vida! — disse eu, decepcionado.

Nós recuávamos. Os homens se aproximavam e nos cercavam. Era uma questão de tempo até que nos alcançassem.

— E agora? — repetiu Alice.

— Puxa vida! — repeti eu.

— Estamos perdidos — resumiu o professor.

Quando cerca de dez metros apenas nos separavam, eis que um carro grande surgiu a distância, em alta velocidade. Acompanhávamos a poeira que lançava ao ar.

Paramos, esperando sua passagem. Mas, ao se aproximar, percebemos que se tratava da *van* de seu Zito.

Ela cortou por entre o grupo que nos perseguia e, fazendo uma manobra arrojada, freou bem ao nosso lado.

— Venham! — gritaram nossos companheiros do Clube, abrindo a porta do carro.

Entramos na *van* e ela disparou novamente.

Estávamos salvos.

22.
A DESPEDIDA

Ao final da tarde de sábado, Ivituri já estava tomada por jornalistas e policiais. Com o depoimento de Zé e Antônio, finalmente as autoridades nos deram crédito. O crime da Defesa Verde foi desvendado, suas instalações fechadas, seus integrantes presos. Dezenas de câmeras e microfones nos seguiam por toda parte. Tivemos de dar entrevistas a um batalhão de repórteres.

O coronel Zacarias veio até a cidade falar conosco pessoalmente e renovar o convite para que fôssemos a sua fazenda. Macedo nos presenteou com caixas de uva de sua melhor safra. E até o prefeito, antes tão arredio, nos cumprimentou, entusiasmado. Também nossos familiares nos ligaram, preocupados e orgulhosos, assim que souberam da notícia pela imprensa.

À noite, nos dirigimos à pousada de seu Jairo. Lá, comemos um excelente mugunzá, baião de dois, banana frita com mel de engenho e milho verde. Depois, tomamos um banho bem gelado e, enfim, pudemos nos deitar.

Apesar do cansaço, a maioria de nós acordou cedo

no dia seguinte. Após um belo café da manhã, com direito a pamonha e bolo Souza Leão, resolvemos aproveitar o dia. Então seguimos, pela primeira vez, às tão faladas quedas d'água de Ivituri.

O domingo estava maravilhoso. Tomamos banho de cachoeira, descemos o rio com caiaques, fizemos escaladas e visitamos cavernas. Enquanto nos divertíamos, o professor observava os fenômenos naturais, vestindo uma touca alaranjada e um maiô de banho que devem ter feito muito sucesso nos anos vinte.

Quanto a mim, não podia deixar de pensar em tudo aquilo por que passáramos. Primeiro, me lembrei de Malugu. Foi somente no corredor do laboratório da Defesa Verde, quando estava sendo levado à morte, que percebi ser ele o autor da mensagem que nos trouxe a Ivituri, e da outra, que marcara um encontro na Pedra da Fumaça.

Quando subimos a Serra do Cabeça para salvar Daniel e Bola, vi dois livros no museu usado para lembrar as vitórias dos negros contra os bandeirantes. Um, como disse, era a bíblia. O outro, digo agora, era um dicionário da Língua Geral do Brasil.

A Língua Geral era como os jesuítas chamavam o tupi, transformado por eles em língua escrita. Durante muito tempo foi o idioma mais falado no Brasil. Muitos brasileiros dos séculos XVI e XVII nem sabiam português.

Entre os bandeirantes de São Paulo, e em outros lugares onde pouco se usou o negro na colonização, era comum que as pessoas se comunicassem através da Língua Geral.

Quando vi Malugu diante de um computador, numa das salas do túnel construído pela Defesa Verde, de repente me lembrei de que Sônia havia dito que ele gostava de ler e aprendia com facilidade. Também recordei o fato de que os negros da Serra do Cabeça não estudavam, não tinham acesso a livros.

Juntei uma coisa a outra e tudo ficou claro: Malugu aprendera sozinho a ler o dicionário dos bandeirantes, antes de fugir do quilombo. Queria nos avisar do perigo que rondava os Kicatis, mas temia mandar uma mensagem em português. Resultado: mandou em tupi.

Ao me dar conta da verdade, eu lhe pedi socorro. Foi quando abri a porta da sala 8 do laboratório e gritei algumas palavras em tupi, que decorara de tanto ler as mensagens e o dicionário do pai de Jonas. O que disse naquele momento foi:

— Nós perto de morrer pedra fumaça agora.

Ele entendeu o recado e imediatamente passou um *e-mail* para o *laptop* de Bola. Então nossos amigos do Clube, àquela altura reunidos na *van*, partiram sem demora para nos salvar.

É incrível como um livro publicado há trezentos anos, e que ficou guardado como lembrança de uma guerra que os negros enfrentaram pela sua liberdade, acabou servindo para salvar os índios, ainda hoje ameaçados pelos brancos!

Quanto a Zé e Antônio, estavam caçando quando viram os empregados da Defesa Verde nos carregarem, à força, para a Pedra da Fumaça. Isso mesmo. Não mentiram quando disseram que caçavam dentro da reserva dos Kicatis. O corpo que vimos enrolado num embrulho, na garupa do cavalo de Antônio, era de um animal.

A caminhonete vermelha de Macedo não fora utilizada na tentativa de nos matar. Sua lataria estava intacta. A Defesa Verde usava uma cópia do carro para incriminar Macedo e os plantadores de uva.

Por outro lado, Bola e Palito descobriram que Sônia estava certa no que se refere à educação dada pelo Grupo Aguaterra a seus funcionários. Eles eram levados a abandonar seus costumes. A escola na sede da plantação ensinava valores do homem branco. Além disso, a empresa pagava um salário miserável.

Ou seja, as melhorias nas terras, feitas a partir da irrigação, não chegavam ao povo sertanejo. Como os coronéis, os novos empresários do sertão não partilhavam suas terras com o povo, tinham o único interesse de lucrar.

Jonas e Zeca viram com os próprios olhos a enormidade das terras do coronel Zacarias. Ao lado delas, gente passava fome, sem ter onde plantar. E sem ter a assistência do prefeito, um homem que pensava exclusivamente no dinheiro gerado pelo turismo.

— Vamos, meninos. Está ficando tarde.

O chamado era de seu Zito. Ele queria aproveitar o sol para a volta ao Recife. Então, nós retornamos à pousada, trocamos de roupa e, ao final da tarde, nos despedimos da população de Ivituri.

Logo o carro desceu o "cerro frio" e nós ganhamos a rodovia. Dentro da *van*, o professor falava de Física a seu Zito. Bola e Palito brigavam mais uma vez. Daniel reclamava de alguma coisa. Jonas ameaçava Bola e Palito, de punho fechado. Zeca apenas sorria. Alice estava deitada em meu colo. E eu colava a testa no vidro da janela.

Meditava ainda sobre os acontecimentos recentes. O fato de eventos ocorridos há tanto tempo continuarem a influenciar nosso país no presente me impressionava. Em certo sentido, permanecemos vivendo como séculos atrás.

Os índios são desprezados e todo o seu conhecimento, que nos poderia ser útil, é desperdiçado. Os coronéis ainda têm enormes terras que não cultivam e permanecem agindo com violência contra o povo, que sofre com a seca e a fome. Por outro lado, empresas que atuam dentro da lei e usam técnicas sofisticadas de produção, pagam salários miseráveis a seus funcionários, que acabam tornando-se quase escravos modernos. Enquanto isso, nossas autoridades continuam alheias. Por quê?

No começo da história, falei da aula do professor Eduardo sobre átomos. Quis saber o que nos diferenciava dos objetos, já que tudo o que existe — o homem ou uma mesa, uma cadeira ou uma parede — é feito da mesma matéria. Hoje eu entendo que a resposta é esta: sentimento. O homem sofre, tem medo, alegria, tristeza ou dor. É isso o que nos torna únicos.

Em nosso caminho, de volta de Ivituri, vimos dezenas de homens e mulheres de pele estragada pelo sol, crianças esquálidas e gado magérrimo. Esperam uma chuva que talvez não venha. E se ela não vier, passarão fome.

Mas o flagelo da seca no Nordeste pode ser evitado. Já existe tecnologia para fazer a água chegar aos moradores do sertão e para alimentar todo o povo brasileiro. Falta apenas o desejo de colocar o "homem" em primeiro lugar, acima das "coisas".

— Chegamos — avisou seu Zito, assim que entramos no Recife.

— Como a viagem foi rápida! — comentou Alice, ao meu lado.

Numa poltrona mais afastada, Malugu sorriu. Sim, o fugitivo da Serra do Cabeça veio conosco na *van*. Ele não tinha para onde ir e uma repórter lhe ofereceu emprego na capital. Seu maior desejo era trabalhar na "cidade grande". Queria ser escritor. Iria prestar serviço na redação do mais lido diário do Recife.

— Mas eu não tenho onde morar... — desculpara-se, ante a oferta da jornalista.

Ao ouvir aquilo, eu e os demais integrantes do Clube nos comprometemos a conseguir um lugar para Malugu, por um tempo, até que pudesse pagar sozinho suas despesas. Afinal de contas, sem ele nossa aventura nem teria começado...

SOBRE O ILUSTRADOR

Newton Foot nasceu em Piraju, São Paulo, em 1962. Formou-se em 1986 pela Faculdade de Arquitetura e Urbanismo da Universidade de São Paulo, onde editou em parceria com Fabio Zimbres, no último ano de curso, a revista de quadrinhos *Brigitte*. Foi colaborador da revista *Níquel Náusea* a partir de 1987, participando, neste mesmo ano, da equipe editorial da revista *Animal*. Também publicou na *Chiclete com Banana*, de Angeli.

Em 1992, realizou para o grupo de teatro Ponkã a quadrinização da peça infantil *Momotaro, o menino pêssego*, versão de uma antiga lenda japonesa feita por Cristina Sano, sendo este seu primeiro trabalho realizado com recursos de computação gráfica.

Foi roteirista do programa infantil TV Colosso, exibido pela Rede Globo entre 1993 e 1996, e, como quadrinista, participou de exposições internacionais em Haarlem (Holanda), Lisboa e Roma.

SOBRE O AUTOR

Marconi Leal nasceu no Recife, a 30 de janeiro de 1975, ano em que houve uma das maiores enchentes de Pernambuco. A imagem das águas barrentas que costumavam inundar sua rua é a memória mais antiga que guarda da cidade maurícia. Talvez por isso, adora o Capibaribe, rio que a banha e corta.

Miscigenado como a maioria dos brasileiros, tem em sua ascendência elementos negros, árabes, portugueses e provavelmente outros que a memória familiar não registra. Mas, ao contrário dos grandes escritores nordestinos de sua estima, foi principalmente marcado pela cultura urbana.

Completou o ensino fundamental e o médio no Colégio Marista São Luís, o mesmo onde, muitos anos antes, estudou o poeta pernambucano João Cabral de Melo Neto. Torce pelo Sport, "doença" de que também padece seu concidadão, o escritor Ariano Suassuna. E mora no bairro das Graças, a poucas quadras de uma das casas onde viveu outro ilustre poeta pernambucano: Manuel Bandeira.

O Clube dos Sete surge, assim, a partir da interação com a paisagem física e humana de sua cidade natal. Foi, sobretudo, forjado pela vivência de menino de classe média, que cresceu numa sociedade corroída pela realidade pobre dos morros e favelas daquela que é uma das capitais mais violentas e miseráveis do país.

COLEÇÃO 34 INFANTO-JUVENIL

FICÇÃO BRASILEIRA

Histórias de mágicos e meninos
Caique Botkay

O lago da memória
Ivanir Calado

O Clube dos Sete
Marconi Leal

Perigo no sertão
Marconi Leal

Confidencial
Ivana Arruda Leite

As mil taturanas douradas
Furio Lonza

Viagem a Trevaterra
Luiz Roberto Mee

Crônica da Grande Guerra
Luiz Roberto Mee

A pequena menininha
Antônio Pinto

Pé de guerra
Sonia Robatto

FICÇÃO ESTRANGEIRA

Eu era uma adolescente encanada
Ros Asquith

O dia em que a verdade sumiu
Pierre-Yves Bourdil

O jardim secreto
Frances Hodgson Burnett

A princesinha
Frances Hodgson Burnett

O pequeno lorde
Frances Hodgson Burnett

Os ladrões do sol
Gus Clarke

Os pestes
Roald Dahl

O remédio maravilhoso de Jorge
Roald Dahl

James e o pêssego gigante
Roald Dahl

O BGA
Roald Dahl

O Toque de Ouro
Nathaniel Hawthorne

Jack
A. M. Homes

Diário de um adolescente hipocondríaco
Aidan Macfarlane e Ann McPherson

O diário de Susie
Aidan Macfarlane e Ann McPherson

Histórias da pré-história
Alberto Moravia

Trio Enganatempo: Cavaleiros por acaso na corte do rei Arthur
Jon Scieszka

Trio Enganatempo: O tesouro do pirata Barba Negra
Jon Scieszka

Trio Enganatempo: O bom, o mau e o pateta
Jon Scieszka

Trio Enganatempo: Sua mãe era uma Neanderthal
Jon Scieszka

Chocolóvski: O aniversário
Angela Sommer-Bodenburg

Chocolóvski: Vida de cachorro é boa
Angela Sommer-Bodenburg

Chocolóvski: Cuidado, caçadores de cachorros!
Angela Sommer-Bodenburg

O maníaco Magee
Jerry Spinelli

Norte
Alan Zweibel

Poesia

Histórias com poesia, alguns bichos & cia.
Duda Machado

A pedra do meio-dia ou *Artur e Isadora*
Bráulio Tavares

Mandaliques
Tatiana Belinky

Teatro

As Aves
Aristófanes

Lisístrata ou *A Greve do Sexo*
Aristófanes

Este livro foi composto em Lucida Sans
pela Bracher & Malta, com fotolitos do
Bureau 34 e impresso pela Bartira Gráfica
e Editora em papel Alta-Alvura 75 g/m^2
da Cia. Suzano de Papel e Celulose para
a Editora 34, em maio de 2004.